# کودکی که فروخته شد

رمان

اسماعیل یوردشاهیان

(اورمیا)

انتشارات کیدزوکادو

سریال کتاب:P2445440114

عنوان: کودکی که فروخته شد

نویسنده: اسماعیل یوردشاهیان (اورمیا)

صفحه‌آرایی: نرگس تاج‌الدینی

شابک: ISBN: 9781778920356

موضوع: رمان، دردهای اجتماعی

مشخصات کتاب: کتاب جلد مقوایی، سایز A5

تعداد صفحات: ۱۶۴

تاریخ نشر ادیشن فارسی: دسامبر ۲۰۲۴

انتشارات در کانادا: انتشارات بین المللی کیدزوکادو



## KIDSOCADO PUBLISHING HOUSE
### VANCOUVER, CANADA

تلفن: ‪+1 (833) 633 8654‬

واتس‌آپ: ‪+1 (236) 333 7248‬

ایمیل: info@kidsocado.com

وبسایت: https://www.kidsocado.com

۱

اسمش امین بود. اسمش را نخستین بار از مادرش شنیده بود. بعدها از مرد لاغر سیه‌چرده‌ی بداخلاقی که او را خریده بود، شنید و به خاطر سپرد. از پدرش هیچ یاد و خاطره‌ای نداشت، نمی‌دانست کی بود؟ کجا رفته و چه شده بود؟ از مادرش فقط پیراهنی گلی‌رنگ با روسری سفید، چهره‌ی لاغر و مهتابگون و چشمانِ سیاه غمزده‌ی پر از اشک به یاد داشت و خاطره‌ای بسیار تیره وکم‌رنگ از لحظه‌ای که او را فروخت. خاطرش بود وقتی او را به آن مرد لاغر سیه‌چرده سپرد و کیسه‌های آرد و گوشت و بسته‌ی پول را از آن مرد گرفت، دست‌های لاغر استخوانی‌اش که از چند جا زخم بودند، می‌لرزیدند. خم شد که کیسه‌ها را بردارد. نگاهش به او افتاد. گریه‌اش گرفت. طاقت نیاورد. کیسه‌ها را رها کرد، برگشت او را بغل کرد و به سینه‌اش فشرد بوسید و گریست و با صدای غم‌گرفته گفت: «امین مرا ببخش. مریض هستم، نمی‌دانم تا کی زنده بمانم. توانم تمام شده. نمی‌توانم تو را نگه دارم. خواهر و برادر کوچکت گرسنه‌اند. مجبور بودم که تو را بفروشم. برو، برو به امان خدا. خدا حفظت کند.»

گریه امانش نداد. درحالی‌که به‌شدت می‌گریست، باز او را به سینه

فشرد. بر گونه و دست و صورتش بوسه زد. بوسه و نم اشک‌هایی که امین هنوز روی صورتش حس می‌کرد. مرد لاغر سیه‌چرده که بسته‌ی پول و کیسه‌های آرد و گوشت را داده بود، آمد دست او را گرفت و کشید. مادرش با التماس گفت: «تو را به خدا مراقبش باشید. خیلی کوچک است، کاری بلد نیست. به هر کس و خانواده‌ای می‌دهید، بگویید مادرش مجبور بود بفروشدش. بچه‌ی ساکت و خوبی است.»

مرد لاغر سیه‌چرده پرسید: «پدرش کجاست؟»

مادرش گفت: «چند سال پیش در جنگ با طالب‌ها کشته شد. ما سال‌هاست که بی‌کس و تنها هستیم. سال‌هاست که بچه‌های من یتیم هستند. اگر مریض نبودم، اگر توان کار کردن داشتم، او را نمی‌فروختم.»

مرد لاغر و سیه‌چرده سری تکان داد و چیزی نگفت. او را کشید و برد سوار صندلی عقب اتومبیلی کرد که راننده‌ای چاق با ریش بلند و کلاهی چرکین به سر، پشت فرمانش نشسته بود. خودش رفت کنار راننده نشست و اتومبیل حرکت کرد. با حرکت اتومبیل یک لحظه ترس و تنهایی بر دلش نشست. شروع به جیغ و ناله و گریستن کرد. مرد لاغر و سیه‌چرده درحالی‌که دستش را برای زدن سیلی بلند کرده بود، خشمگین گفت: لال شو و ساکت باش.

ترسید نگاه ترس‌گرفته‌ی بغض‌آلودش را به نگاه مرد دوخت. پاهای کوچکش را جمع کرد و توی صندلی فرو رفت. آرام با ترس و غم فروخورده‌ای که بر دل و جان کوچکش نشسته بود، گریست. ترس و غمی سیاه که از آن زمان، از تنهایی و غریبی و بی‌کسی از جدایی از مادر و خواهر و برادر و از دوری از خانه بر دل و جانش نشسته بود، زخم درونش شده بود.

اتومبیل سرعت گرفت و او بعد از مدتی درمانده و خسته از گریستن خوابش گرفت و نفهمید که چه مدت در راه بودند و به کجا رفته‌اند. هنگام شب او را در کوچه‌ای تنگ، مقابل خانه‌ای که چون خانه‌ی خود آن‌ها ساختمانی کوچک یک‌طبقه و کوتاه با دیوارهای کاهگلی داشت، از

ماشین پیاده کردند. مرد لاغر سیه‌چرده دست او را که خسته و خواب‌آلود بود، کشید. درِ حیاط خانه را باز کرد و به درون حیاط برد و زنی را صدا زد. بعد از چند لحظه، زن مسن و چاقی که سر و رویش را پوشانده بود، در خانه را گشود و از پله‌ها پایین آمد. سلام کرد. مرد لاغر سیه‌چرده نام مردی را برد. زن گفت که در خانه نیست. مرد او را به طرف زن هل داد و گفت: «بیا این را بگیر. چند روز بعد می‌آییم و می‌بریمش.»

زن آمد و دست او را گرفت. مرد لاغر سیه‌چرده از جیبش چند اسکناس درآورد و به زن داد و گفت: «مراقبش باشید که جایی نرود. خوب به او غذا بدهید. نباید مریض شود.»

زن گفت: «خاطرجمع باشید.»

مرد لاغر سیه‌چرده در را بست و رفت. زن مسن و چاق که همچنان ایستاده گوش به بیرون داده بود، با بسته شدن در اتومبیل و حرکت آن برگشت. نگاهی به او انداخت، سرش را تکان داد و دست او را کشید و برد. حلقه‌ی درِ چوبی و کهنه‌ی انبار را برداشت. در را باز کرد و او را به درون انبار هل داد. با هل دادنِ زن، چرخی زد و روی کف خاکی انبار افتاد و از درد ناله کرد. زن در را بست و رفت. چشمش در تاریکی جایی را نمی‌دید. نمی‌توانست اطرافش را تشخیص دهد. بوی بدی از اطراف می‌آمد. ترسیده و خواب‌آلود چشم به اطراف گرداند، اما نتوانست چیزی را تشخیص دهد. گریه‌اش گرفته بود. دلش برای خانه‌شان تنگ شده بود. همان‌جا نشست، زانوهایش را بغل کرد، سرش را روی زانوهایش گذاشت و گریه کرد. کمی که گذشت، زن مسن و چاق که این بار روسری‌اش را برداشته بود و حجاب نداشت، فانوس‌به‌دست همراه با زنی جوان و دختربچه‌ای همسن‌وسال او که پشت سر زن جوان آمده بود، در را گشود و تو آمد. نور فانوس محیط انبار را روشن کرد. زن جوان لحافی کهنه و چرک و بالش و تشکی نازک آورده بود. نگاه و رفتارش برعکس زن چاق که صورتی چاق و خشن و گیسوان حنابسته و چشمانی برآمده داشت، مهربان و دلسوزانه بود.

دختربچه با کنجکاوی او را نگاه می‌کرد. زن جوان تشک را در انتهـای انبار کنار دیوار پهن کرد و بالش و لحاف را روی آن انداخت. برگشت و بـا مهربانی پرسید: «چیـزی خورده‌ای؟»

او که اشکش آرام از چشمانش روان بـود، چیـزی نگفـت. از نگاه‌هـای غضبناک زن چاق ترسش گرفته بود. زن جوان با محبت دستی به صـورت او کشید. اشکش‌هایش را پاک کرد و گفت: «گریه نکن، می‌روم برایت شام می‌آورم.» بعد پرسید: «دستشویی داری؟» او سـرش را تکـان داد و گفـت بله. زن جوان دستش را گرفت و او را به دستشـویی کـه در طـرف دیگـر حیاط بود، برد و گفت: «بعداً بیا در شـیر آب حیاط دسـت و صـورتت را بشور.» و همان‌جا ایستاد که او از دستشویی بیرون آمد. دستش را گرفـت و برد در شیر آبی که وسط حیاط، کنار حوض سیمانی کوچکی بود، دست و صـورت او را شسـت و در حـال شسـتن بـا صـدای بغض‌آلـودی مرتـب می‌گفت طفلی، آخر چرا تو را فروخته‌اند؟ بعد از شستن دست و صـورت او، باز دستش را گرفت و به طرف انبار برد.

مقابل زن چاق که رسید، ایستاد و گفت: «خوب نیست این توی انبار باشد. بهتر است او را ببریم داخل پیش خودمان.»

زن چاق و مسن گفت: «نه.»

زن جوان گفت: «این بچه هفت هشت سال بیشتر ندارد. تنهایی تـوی انبار می‌ترسد.»

زن چاق گفت: «نه، مثل آن بچه‌های دیگر در انبار بماند بهتر است.»

زن جوان گفت: «ولی آن‌ها بزرگ بودند، این خیلی کوچک است. شب می‌ترسد.»

زن چاق با عصبانیت گفت: «به ما چه، پدر و مادرش باید ایـن فکـر را می‌کردند.»

زن جوان گفت: «حالا بیا تو رحم کن.»

زن مسن چاق گفت: «نه، ببرش به انبار.»

زن جوان ناگزیر درحالی‌که زن چاق و دختربچه نگاه به آن‌هـا دوختـه

بودند، او را به انبار برد و گفت: «این‌جا بنشین می‌روم شامت را می‌آورم.» با بیرون رفتن او، زن مسن و چاق فانوس را برداشت و در انبار را بست. با بسته شدن در، باز هوای انبار در تاریکی فرو رفت. همان‌طور که زن جوان گفته بود، وسط انبار نشست و چشم به اطراف دوخت، اما در تاریکی چیزی را ندید. کمی بعد زن جوان همراه با زن مسن چاق با سینی کوچکی آمد. درون سینی نان و پنیر و استکانی چای بود. زن سینی را مقابل او زمین گذاشت. فانوس را از زن مسن چاق گرفت و روی زمین نزدیک او گذاشت و خودش نشست و لقمه گرفت و گفت بخور. چند لقمه نان و پنیر خورد و چای را نوشید. بعد از خوردن و نوشیدن چای، زن جوان بازویش را گرفت و بلندش کرد، به لحاف و تشک اشاره کرد و گفت برو بخواب. و درحالی‌که با نگاه پر از ترحم و مهربانی او را می‌نگریست، منتظر شد که روی تشک دراز بکشد. وقتی او دراز کشید، طاقت نیاورد، آمد و لحاف را روی او مرتب کرد و گفت: «دَرِ انبار را می‌بندیم. نترس. لحاف را روی سرت بکش، چشمانت را ببند و بخواب. اسم من بهارگل است. اگر ناراحت بودی مرا صدا بزن.»

باز دستی به محبت به سر او کشید، فانوس را برداشت و رفت. با بیرون رفتن او و بسته شدن دَرِ انبار، باز تاریکی همه‌جا را فراگرفت. لحظه‌ها گنگ و غم‌زده چشم به اطراف و سقف انبار دوخت. به‌زحمت در تاریکی تیرهای چوبی و کهنه‌ی انبار دیده می‌شدند. نمی‌توانست فکر کند و نمی‌دانست چرا او را فروخته‌اند و او آن‌جا چه می‌کند و آن زن چاق و زن جوان کی هستند؟ باز غصه‌اش گرفت. هرچه فکر کرد نتوانست بفهمد که چرا مادرش او را به آن مرد لاغر و سیه‌چرده فروخت و او کی دوباره به خانه‌شان نزد مادرش برخواهد گشت؟ درحالی‌که هق‌هق گریه می‌کرد، سرش را روی دستش گذاشت و لحاف را روی سرش کشید و نفهمید کی خوابش برد. صبح روز بعد با صدای زن جوان که دَرِ انبار را گشوده بود و او را صدا می‌زد، از خواب بیدار شد و بیرون رفت. بعد از شستن دست و صورتش، زن جوان دستی به سر و صورت و موهای او کشید و زیر

سنگینی نگاه‌های زن مسن و چاق، گفت: «بیا با ما صبحانه بخور.»

و او را همراه خود به ایوان خانه‌شان برد و دخترش صنوبر را به او معرفی کرد. دختربچه همسن‌وسال او و شاید کمی کوچک‌تر بود. وقتی زن جوان آن‌ها را به هم معرفی می‌کرد، دختربچه درحالی‌که لبخند می‌زد و دامن مادرش را گرفته بود، سعی می‌کرد پشت پاهای مادرش پنهان شود. زن جوان کنار سفره‌ی صبحانه مقابل زن چاق و مسن روی تشکچه نشست. دخترش را طرف راست خود و او را سمت چپ خود نشاند و با مهربانی برای هر دوی آن‌ها لقمه گرفت. به زن مسن و چاق گفت: «این همبازی خوبی برای صنوبر است. لااقل بگذار روزها بیرون باشد.»

زن مسن و چاق گفت: «نه.»

زن جوان گفت: «این که زندانی نیست. به ما سپرده‌اند که مراقبش باشیم.»

زن مسن و چاق گفت: «اگر فرار کند؟»

زن جوان با اعتراض گفت: «فرار کند کجا خواهد رفت؟ کجا را می‌شناسد؟ نه، من مراقبش هستم. تو حیاط با صنوبر بازی می‌کند. هروقت هم خوابش گرفت همین‌جا در ایوان یا در انبار می‌خوابد.»

زن مسن و چاق درحالی‌که استکانی چای از سماور ریخته با خشم و ناراحتی مقابل او می‌گذاشت، رو به زن جوان کرد و گفت: «اگر فرار کند یا اتفاقی بیفتد، تو به احمد جواب خواهی داد.»

«احمد خیلی مهربان است. اگر این‌جا بود نمی‌گذاشت او در انبار بماند.»

زن مسن و چاق درحالی‌که بلند می‌شد، گفت: «خوبه، خوبه حالا تو پسرم را بهمن معرفی نکن. من او را بهتر از تو می‌شناسم.»

ـ پس می‌شناسید، بگذارید این بچه همین‌جا پیش ما بماند.

ـ باشد بماند. جواب همه‌چیز را خودت خواهی داد.

و درحالی‌که به درون خانه می‌رفت، نگاه ناراحت و پر از غضبش را به او انداخت. بعد از صبحانه زن جوان اسمش را از او پرسید.

او اسمش را گفت. زن جوان گفت: «دیشب گفتم من بهارگل هستم. بسیارخب، امین می‌خواهم با صنوبر بازی کنی. می‌توانی با او تلویزیون تماشا کنی و هر وقت خسته شدی این‌جا در همین ایوان یا در انبار بخوابی. من خیلی دلم می‌خواهد که تو این‌جا پیش ما باشی، اما ممکن نیست. شب‌ها باید در انبار باشی. نترس من مراقبت هستم. ای‌کاش شوهرم احمد زود برگردد. شاید کمک کرد تو را پیش مادرت برگرداندیم.»

حرف‌های زن جوان پر از امید و مهربانی بود. از آن روز تا زمانی که مرد لاغر و سیه‌چرده برای بردنش آمد، روزهای خوشی را کنار صنوبر کوچک و بهارگل مهربان داشت و آرزو می‌کرد که همچنان نزد آن‌ها بماند. مدتی بیشتر از سه هفته در آن خانه نزد آن‌ها بود. یک هفته مانده به بردنش، احمد شوهر بهارگل، پدر صنوبر که مرد جوان خوش‌سیما با قدی متوسط و چشمانی روشن بود آمد. از دیدن او در خانه‌اش تعجب نکرد و با محبت و مهربانی با او احوال‌پرسی کرد و از بهارگل و مادرش، زن مسن چاق، سؤال کرد: «خوب به این رسیده‌اید؟»

بهارگل گفت: «بله، پسر حرف‌شنو و مؤدب و خوبی است. همباز خوبی برای صنوبر است.»

بعد درحالی‌که بازوی شوهرش را با محبت می‌گرفت، با لحنی پر از تمنا گفت: «احمد نگذار این بچه را ببرند. بیا کمک کن او را نزد مادرش برگردانیم.»

احمد نگاهی پراز تحسین و محبت به صورت زنش انداخت و سرش را تکان داد و گفت: «می‌دانم چه می‌خواهی. من هم می‌خواهم که این بچه نزد مادر و خانواده‌اش برگردد اما نمی‌شود. اگر ما بخواهیم هم نمی‌شود. این‌ها، این ادریس و ارباب‌هایش، غیرممکن است این‌ها را ارزان و مفت می‌خرند به این راحتی و ارزان از دست بدهند. تو اطلاع نداری. اگر من قبول کردم که این‌ها را هرچندگاه به خانه‌ی ما بیاورند، به سفارش حاج‌مظفر بود. او با این‌ها آشناست و می‌داند چه می‌کنند. به من گفت اگر

می‌توانی برای آسیب ندیدن بیشتر بچه‌ها موردهایی را برای مدتی کوتاهی در خانه‌ات نگه دار. من هم قبول کردم چون به من گفته بودند و فکر می‌کردم مسئله بچه‌های گمشده و جنگ‌زده‌ی بی‌کس و بی‌پدرومادر است. اما الان متوجه شده‌ام که مسئله چیز دیگری است. اصلاً دوست ندارم که دیگر با این‌ها همکاری کنم، ولی می‌ترسم. آدم‌های خطرناکی هستند.»

بهارگل بعد از شنیدن حرف‌های شوهرش، مأیوس نگاهش را به امین دوخت و زیر گفت: «طفلکی.»

چند روز بعد از آمدن احمد، یک روز عصر مرد لاغر و سیه‌چرده آمد و در را زد. صحبت کوتاهی با احمدکرد و او را صدا زد. بهارگل که دید برای بردن او آمده‌اند، دوید و به حیاط آمد. او را بغل کرد و بوسید و نوازش کرد. آرام گفت: «امین، هرجا رفتی مراقب خودت باش. خدا حفظت کند. خدا کند باز تو را ببینیم.»

او درحالی‌که گریه‌اش گرفته بود، بهارگل را بغل کرد و گریان گفت نمی‌خواهد از آن‌جا برود. احمد آمد با ناراحتی و اکراه او را از بهارگل جدا کرد و دستی به سرش کشید و گفت: «ما را ببخش امین. تو باید بروی، این‌ها آمده‌اند که تو را ببرند. بیا با صنوبر که آمده با تو خداحافظی کند، خداحافظی کن.»

صنوبر، همبازی کوچولوی خجالتی او که همیشه لبخند به لب داشت، هر وقت از او چیزی می‌پرسیدند یا صدایش می‌کردند می‌خندید و پشت دامن مادر یا پاهای پدرش می‌رفت و مخفی می‌شد، این بار مخفی نشد. لبخند هم نزد. حرفی هم نگفت. فقط نگاهش را که اشک گرفته بود به او دوخت و او همچنان گریه‌کنان می‌گفت: «من می‌خواهم پیش بهارگل و صنوبر بمانم. نمی‌خواهم بروم.»

احمد گفت: «می‌دانم. ما هم نمی‌خواهیم تو بروی، ولی آن‌ها می‌خواهند تو را ببرند. برو خدا به همراهت.»

مرد لاغر و سیه‌چرده که دم در با نگاه بی‌تفاوت ایستاده بود، از احمد خداحافظی کرد. دست او را گرفت، کشید و برد باز در صندلی عقب

ماشین که دختر و پسربچه‌ی کم‌سن‌وسال‌تر از او آن‌جا نشسته بودند، نشاند و خودش رفت کنار راننده نشست و ماشین حرکت کرد و او برای آخرین بار بها گل و صنوبرکوچولو، هم‌بازی خوبش را، مقابل در کنار احمد دید که ایستاده بودند و رفتن و دور شدن او را می‌نگریستند. دورشدنی که به‌اندازه‌ی یک عمر برای او بود و اکنون آرزو داشت یک بار دیگر بهارگل و صنوبر را ببیند و حالا که سال‌ها از آن روز گذشته بود، نمی‌دانست و نمی‌توانست تصور کند چطور شده‌اند؟ چه شکلی هستند؟ صنوبر چقدر قد کشیده، چطور دختری شده؟ می‌خواست آن‌ها را باز ببیند و از محبت و مهربانی‌شان تشکر کند. با خود فکر کرد این چه قانون و نظمی است که دنیا دارد؟ قضاوت با کیست و انصاف و عدالت کجاست؟ کی آن‌ها، همه‌ی آدم‌ها، به مساوات و عدالت خواهند رسید؟

تمام شب در راه بودند. صبح روز بعد او و آن دختر و پسر کوچک را که هر سه بدخواب و گیج و منگ بودند، در محوطه‌ی باغ بزرگی که ساختمان و انبارهای بزرگ از اتومبیل پیاده کردند و به زیرزمین یکی از انبارها بردند و داخل اتاقی انداختند که تعدادی کودک و نوجوان کوچک و بزرگ و همسن‌وسال او در آن‌جا بودند و از آن روز سرگردانی و سرنوشت شوم و دربه‌دری او شروع شد.

۲

کنار تیرک سکوی اصطبل اسب‌ها نشسته بود و به درختان مزرعه و تپه‌های دوردست نگاه می‌کرد. از آن روزی که مادرش او را فروخته بود سال‌ها می‌گذشت. اکنون جوانی بالغ اما با تن و جسمی شکسته بود. روی سکو نشسته بود و به گذشته فکر می‌کرد. به گذشته‌ای که شناسنامه‌ی او شده بود. نمی‌دانست شهر و مملکتش کجاست؟ فقط شنیده بود اهل افغانستان است. کجای افغانستان؟ نمی‌دانست. همدمش اسب‌ها و گاوها و بزها وگوسفندان و درختان مزرعه‌ای بود که در آن‌جا پناه گرفته و کار می‌کرد. البته شانس آورده بود که آن‌جا پناه گرفته و کار پیدا کرده بود. خیلی‌ها که همراه و هم‌سرنوشت او بودند، کشته و سرگردان یا گرفتار کارهای دیگر شده بودند.

هر روز عصر که از کار در اصطبل و مزرعه آزاد می‌شد، روی سکو می‌نشست و به گذشته فکر می‌کرد. آرزو داشت دوباره دوستانش را ببیند. هر بار که برحسب تصادف با یکی از بچه‌های گروه و هم‌سرنوشتش در بازار یا هنگام سفر به دیگر شهرها برای فروش گاوها و گوسفندها و یا در نمایشگاه یا پیست مسابقه‌ی اسب‌دوانی برخورد می‌کرد، از دیگر بچه‌ها می‌پرسید. از ثریا، یاسر، حامد، گلزار و در آخر از ادریس، مرد لاغر سیه‌چرده، که کجاست و چه می‌کند و چطور می‌شود پیدایش کرد؟

***

وقتی او را داخل اتاقی که دیگر بچه‌های فروخته‌شده را آن‌جا جمـع کـرده بودند انداختند، ترسیده و گریان به گوشه‌ای رفت. نشست و صورتش را بـه دیوار چسباند و آرام گریه کرد. اتاق بزرگ بود با سـقفی کوتـاه و پنجـره‌ی نزدیک سقف که تابش نور آفتاب و تنه‌ی درختان را از آن‌جا می‌شـد دیـد. کودکان هم‌سرنوشت او که در آن اتاق بودند، بعضـی بی‌تفاوت از آمـدن و گریه‌ی او و آن دو کودک همراهش، مشغول کار و سـرگرمی خـود بودنـد. بعضی متوجه آن‌ها شده و کنجکاو چشم بـه آن‌هـا دوختـه بودنـد و چنـد کودک کوچک که بسیار کم‌سن‌وسال بودند، با دیـدن او و شـنیدن صـدای گریه‌اش شروع به گریه کرده بودند. پسربچه‌ای که بزرگ‌تـر از همـه بـود و دوازده یا سیزده‌ساله به‌نظر می‌رسید، خیلی ناراحت و عصبانی بود. با دیدن و شنیدن صدای گریه‌ی آن‌ها بلند شد و داد کشید: «خفه شوید.»

بعد رویش را به طرف پنجره برگرداند و گفت این‌هـا را دیگـر از کجـا آورده‌اند.

ثریا دختر لاغر و نازک‌اندام که هم‌سن یا کمـی کوچک‌تر از یاسر، آن پسر پرخاشگر، بود و او (امین) اسم او را وقتی فهمید که ثریا صدایش کـرد و گفت: «یاسر آن‌ها هم‌ولایت ما هستند.»

بعد به طـرف امـین آمـد و درحالی‌کـه دسـت او را می‌گرفت و اشک گونه‌هایش را پاک می‌کرد، با مهربانی گفت: «آرام باش، نترس، من پیشـت هستم.» بعد کنار او نشست. دسـت در شـانه‌ی او انـداخت و او را پهلـویش فشرد و پرسید: «اسمت چیست؟»

اما او آن‌قدر ترسیده بود که اسمش را به خاطر نداشت. بعد از چند بـار پرسیدن یاد مادرش افتاد که او را امین صدا می‌کرد. آرام گفت: «امین.»

ثریا بغض‌گرفته گفت: «امین، ما را هـم مثـل تـو خریـده و بـه این‌جـا آورده‌اند. آرام باش ببینیم که چـه می‌شـود. بـه مـا چـه می‌گوینـد و چـه می‌کنند؟»

یاسر که خیلی احساس بزرگی و فهم می‌کرد، بالای سر آن‌ها آمـد و از او پرسید: «تو را هم ادریس خرید و آورد؟»

نمی‌دانست ادریس کیست؟ ثریا گفت: «یاسر، این چه می‌داند ادریـس کیست؟»

یاسر گفت: «همان مرد بدخلق و سیاه‌چرده؟»

او با تکان سر گفت: «بله.»

ثریا پرسید: «گرسنه‌ات است؟»

با تکان دادن سر گفت: «بله. اما باید به دستشویی بروم.»

ثریا بلند شد. به در اتاق کوبید. چند لحظه بعد مردی در را گشود.

ثریا گفت: «ببخشید این بچه کـه تـازه آورده‌ایـد بایـد بـه دستشویی برود.»

مرد رفت. کمی بعد برگشت و در را گشود و گفت بیایید وقت صبحانه است.

ثریا دست او را گرفت و بلند کرد و گفت: «بیا برویم دست و رویـت را بشوییم.»

وقتی ثریا دست او را گرفت و بلند کرد، یاد خواهرش تهمینه افتاد کـه همیشه مراقب او و خواهر و برادر کوچکش بـود و همیشـه بـرای شسـتن دست و صورت و حمام گرفتن و خـوردن غذا بـه آن‌هـا کمـک می‌کـرد. به‌خصوص روزهایی که مادرشان برای کار می‌رفت. اما یک سال پیـش تهمینه را مادرش به مرد پیری فروخت. می‌گفتند تهمینه در مقابل پول و یک سال خرج خانواده و پنج گونی آرد و قند و گوشـت، عـروس آن مـرد شده. خاطرش بود که تهمینه را پیراهنی قرمز پوشانده و تـوری سـفید بـا روسرس قرمز به سرش انداخته بودند. چند شاخه گل که مادرش از بیابان حوالی خانه‌شان چیده بـود، بـه دسـتش داده بودنـد. در بعدازظهری کـه همسایه‌ها و چند تن از بزرگ‌های محلـه‌ی کم‌جمعیـت کوچک‌شـان کـه بیشتر از ده خانوار نبود جمع شده بودند، دست تهمینه‌ی دوازده‌ساله را بـه دست مرد مسن موسفیدی دادند و کنار او نشاندند. آن روز و آن بعدازظهر

تنها زمانی بود که او در خانه‌شان جمع شدن همسایه‌ها را دید. صدای ساز و دهل را شنید و کلی شیرینی خورد و با خواهر و برادر کوچکش و بچه‌های همسایه شاد و خوشحال بازی کرد، اما هرگز نتوانست نم اشک‌های خواهرش تهمینه را هنگام رفتن فراموش کند. تهمینه نمی‌خواست برود. به‌خصوص وقتی آن مرد دستش را گرفت و کنارش ایستاد. حتی وقتی چند زن و دختر به شادمانی زیر سقف کوتاه و سیاه خانه‌ی گلی کوچکشان دایره زدند و آواز خواندند و رقصیدند، گریه می‌کرد و او (امین) در حیاط کوچکشان با خواهر و برادر و بچه‌های هم‌محله‌ای‌شان می‌دوید و شادی می‌کرد، بی‌آن‌که بداند چه اتفاقی دارد می‌افتد و توجهی به حال‌وروز خواهرش تهمینه نداشت. نمی‌دانست که او فروخته شده و به عقد پیرمردی درآمده که به سن پدربزرگش است. وقتی آفتاب غروب کرد و هوا رو به تیرگی و تاریکی گذاشت، پیرمرد با همراهانش بلند شد و دست تهمینه را گرفت و بلندکرد و گفت: «وقت تنگ است. باید برویم.»

تهمینه نمی‌خواست برود اما پیرمرد دست او را گرفت و برد کنار خود در اتومبیل نشاند و اتومبیل حرکت کرد. درحالی‌که مادرش همراه با زنان و مردان همسایه او را بدرقه می‌کردند، او نگاه ترسیده و اشک‌آلود تهمینه را دید که با چه حسرت و آرزویی آن‌ها را می‌نگریست و حالا می‌فهمید که خواهرش تهمینه مثلاً فروخته شده بود. بعد از رفتن یا بهتر است بگوید برده شدن تهمینه و رفتن همسایه‌ها و خلوت شدن خانه‌ی کوچکشان، مادرش در را بست و های‌های گریست. او دیگر خواهرش را ندید و ندانست که بر سر تهمینه چه آمد؟ و هنوز هم آرزو داشت که یک روز برای یک لحظه هم شده خواهرش را ببیند.

از اتاق بیرون رفتند. بیرون از انبار در گوشه‌ی حیات ساختمان کوچک دستشویی بود. ثریا با مهربانی او را به دستشویی برد و کمک کرد دست و صورتش را بشوید و مثل خواهرش تهمینه بعد از شستن دست و رو، دستی به سر و صورت و موهای او کشید و لباسش را مرتب کرد. ساعتی

در محوطه همراه با دیگر بچه‌ها قدم زدند و با صدای بلند دو مردکه ظاهراً آن‌جا نگهبان بودند و آن‌ها را برای صبحانه صدا می‌زدند، بـرای خـوردن صبحانه به انبار بزرگ برگشتند. در گوشه‌ای از انبار روی میز چوبی درازی در سینی بزرگی نان و پنیر و مربا و استکان‌های چای قرار داده بودند. ثریا درحالی‌که خودش می‌خورد کمک کرد که او هم بخورد. بـیش از چهارده ساعت بود که غذا نخورده بود. لقمه‌های پنیـر و همین‌طـور مربا و چـای خیلی به دلش چسـبید و چـای خیلـی خـوش‌طعـم بـود. بعـد از خـوردن صبحانه، باز آن‌ها را به آن اتاق برگرداندنـد. روزهـا همـان‌طور در آن اتاق می‌گذشت. او کم‌کم به محیط عادت می‌کـرد، امـا همچنـان غـم دوری از مادر و خانه و خواهر و برادرش در دلش بود. مونس و دل‌گرمی‌اش ثریـا و چنـد کـودک هم‌سن‌وسالش بـود و ترسـی کـه از عصبانیت و رفتـار خشـونت‌آمیز یاسـر داشـت. فهمیـده بـود کـه آن بچـه‌ها را هـم مثـل او فروخته‌اند و به آن‌جا آورده‌اند.

روزها گذشت؛ روزهایی که بیشتر مثل هـم بودنـد. نـه اتفـاق خاصـی می‌افتاد و نه تغییری در برنامه‌ی تکـراری روز و شـب آن‌هـا روی می‌داد. صبح‌ها بعد از بیداری و شستشوی دست و صورت و خـوردن صبحانه، دو ساعتی در محوطه‌ی باغ که محل نگهداری و در حقیقت زندان آن‌ها بـود، به هواخوری و بازی و قـدم زدن می‌گذشـت و عصـرها بـرای کوچک‌ترها برنامه‌ی تماشای کارتون از تلویزیون بود و برای بچه‌های بزرگ‌سـال ورزش و تمرین‌های جنگی ودفاع شخصی و برای دخترهای بزرگ‌سـال مثـل ثریـا که بالغ شده یا در سن بلوغ بودنـد، برنامـه‌ی آموزشـی چـون آرایـش، طـرز رفتار و پذیرش مهمان مرد و پذیرایی از افرادی خاص که توسط دو زن کـه روپوش سفید داشتند، اجرا می‌شد. او تعریف آن برنامه‌ها را از دختربچه‌ها به‌خصوص از ثریا می‌شنید و می‌دید که ثریا خیلی ناراحت است، اما معنی آن را نمی‌فهمیـد. هرچنـد روز کودکـان و نوجوانـان تازه‌خریداری‌شـده را می‌آوردند، اما نه به اتاق آن‌ها بلکه به اتاق‌های دیگر می‌بردند و آن‌ها هیچ تماسی با بچه‌های دیگر اتاق‌ها نداشتند و هرگز برنامه‌ی روزانه‌ی آن‌ها بـا

دیگر اتاق‌ها هماهنگ و همزمان نبود.

چند ماه چنین گذشت تا این‌که یک روز صبح در اتـاق آن‌هـا گشـوده شدو دو زن با یک مرد که روپوش سـفید پوشـیده بودنـد وارد شـدند و از آن‌ها خواستند که بلند شوند و کنار دیوار به‌صف بایستند. ثریا دسـت او را گرفت و گفت که بلند شود و نزد او کنار دیـوار بایسـتد و آرام در گـوش او گفت: «این‌ها پرستار و دکتر هستند. برای معاینه‌ی ما آمده‌اند.» مـرد کـه گویا پزشک بود، از پرستارها خواست که دخترها را از پسرها جـدا کننـد و آن‌هـا ثریـا و دو دختربچـه‌ی هم‌سـن ثریـا، رخسـاره و گلـزار، را بـا سـه دختربچه‌ای که بسیار کوچک بودند و دائماً گریه می‌کردند و دلتنگ مادر و خانه‌شان بودند، از صف خارج کردند و خواستند که در گوشه‌ی دیگر اتـاق کنار دیوار بایستند. ثریا دست دختربچه‌ها را که در غیاب مادر و خواهرشان همدم و مراقب‌شان شده بود، گرفت و به گوشه‌ی دیگر اتـاق رفـت و کنـار دیوار نزد رخساره و گلزار و دیگر دختربچه‌ها ایستاد. پرستارها یک به یـک بچه‌ها را وارسی می‌کردند و مردی که پزشک بود، گوشی بر سینه و پشـت آن‌ها قرار می‌داد؛ نفس و سرفه و صدای قلب آن‌ها را گوش می‌کرد؛ چشـم و گوش و وضع جسمی و... آن‌ها را دقیـق معاینـه و نیـرو و تـوان جسـم و هوش آن‌ها وارسی و کنترل می‌کرد. در آخر یاسر و سه پسربچه‌ی دیگر را از صف جدا کردند و اسم‌شان را نوشتند و از میان دختران دو دختربچـه را جدا کردند و اسم‌شان را نوشتند و رفتند. بعد از رفتن آن‌ها سکوت و بهت غریبی در فضای اتاق بر تن و جسم و فکر همـه‌ی بچـه‌ها نشسـت. البتـه کوچک‌ترها اهمیت موضوع را درک نمی‌کردند. بزرگ‌ترها چون یاسر و ثریا و سه تن دیگر نگران بودند.

بعد از لحظاتی کـه در سـکوت چشـم در چشـم هـم دوختـه بودنـد و نگرانی‌شان را با نگاه و اشاره و تکان سر از هم می‌پرسیدند، یاسر سکوت و بهت نشسته بـر فضـای اتـاق را شکسـت و گفـت: «بابـا بی‌خیـال. چیـزی نمی‌شود.»

اما نزدیک ظهر دو مرد نگهبان آمدند و آن‌هایی را که به پزشک اسم‌شان

را نوشته بود صدا زدند. یاسر و حامد و دیگر پسربچه‌ها همراه با ثریا و رخساره و گلزار و دو دختربچه‌ی دیگر بلند شدند. با نگرانی و ترسی که بر دل و جان‌شان نشسته بود، همراه با نگهبان‌ها رفتند. ساعتی از ظهر گذشته بود. رخساره و ثریا همراه با حامد و یاسر و یک پسربچه‌ی بسیار کوچک برگشتند. بسیار ترسیده و نگران بودند و دائم از یکدیگر می‌پرسیدند چه می‌شود؟ چه بر سر آن‌ها می‌آورند؟ بیچاره بچه‌ها.

کمی که گذشت، یاسر که در طول اتاق نگران و ناراحت و بسیار مضطرب قدم می‌زد، به ثریا گفت: «اگر بخواهند مرا هم مثل آن‌ها ببرند، هرطور شده فرار می‌کنم. ببین، یکی از کاردهای غذاخوری را مخفیانه برداشته‌ام و هر روز در حیاط هنگام قدم زدن به سنگ‌ها می‌سابم و تیزش می‌کنم. مطمئن باش که آن‌ها را می‌کشم.»

ثریا گفت: «اما برای ما برنامه‌ی دیگری دارند. دیدی به تو گفتند به درد شیخ و گروه می‌خوری. منظورشان چه بود؟»

یاسر سری تکان داد و گفت: «نمی‌دانم. به تو هم گفتند عروس خوبی می‌شوی. پول خوبی برایت می‌دهند.»

ثریا سری به ناراحتی تکان داد و گفت: «می‌خواهند ما را بفروشند.»

یاسر گفت: «بله، برای همین خریده‌اند، اما دلم برای بچه می‌سوزد.»

ـ برای چی؟

ـ خب، معلوم است. دیدی برای چی آن‌ها را بردند؟

ـ دیدم برای فروش بردند.

ـ نه ثریا، نگهبان پیر گفت برای فروش اعضای بدن‌شان بردند.

ـ اعضای بدن‌شان یعنی چی؟

ـ نمی‌دانم. گفتم که نگهبان پیر می‌گفت مثل این‌که او از کار این آدم‌ها راضی نیست و خیلی ناراحت است. من از صحبتش فهمیدم. موقع بردن من آرام گفت که مراقب باش، بعد از معاینه اگر کلمه‌ی فروش اعضا را شنیدی توانستی نرو، سعی کن به هر شکلی فرار کنی و بعد هنگام برگشت گفت: این‌ها که مانده‌اند می‌برند به آن‌ور خلیج به امارات یا افریقا،

شاید هم جایی دیگر.

- من را هم؟

- نمی‌دانم، ولی حدس می‌زنم تو را عروس کنند. دیدی وقتی تو را دوباره معاینه می‌کردند، گفتند عروس خوبی‌ست؟

- از کجا شنیدی؟

- وقتی آن‌ها از اتاق خارج شدند، از صحبت‌شان فهمیدم.

- حالا چه باید کرد؟

- نمی‌دانم.

- ما باید منتظر بمانیم ببینیم چه می‌شود.

- اگر قرار است ما را بکشند و یا به جایی دیگر ببرند و بفروشند، بهتر نیست فرار کنیم؟

- کجا؟ کجا فرار کنیم؟ ما که جایی را نمی‌شناسیم. نمی‌دانیم این‌جا کجاست؟

- من می‌دانم. ما در پاکستان هستیم. از آن دو خانم پرستار که با هم صحبت می‌کردند شنیدم نزدیک کراچی.

- فرار کنیم. اگر ما را نگیرند کجا برویم؟ گفتم که ما این‌جا را نمی‌شناسیم

- می‌توانیم از آن نگهبان پیر کمک بگیریم.

- چه بگوییم؟

- برو از او بپرس این‌جا کجاست؟ چطور می‌توانیم فرار کنیم؟ فرار کردیم کجا برویم؟ این‌جا کجاست؟ در کجا و کدام قسمت کراچی است؟

- می‌ترسم.

- از چی؟

- از او، از همه.

- او که خودش گفته فرار کن، حتماً کمک می‌کند.

- باشد می‌پرسم. این بار که در زدم و پشت در آمد، آرام از او می‌پرسم. اما ببین، من قصد ندارم فرار کنم اما کمک می‌کنم که تو فرار کنی. ولی

فکر کن فرار کردی، کجا خواهی رفت؟ چه خواهی کرد؟ هیچ فکر کردی ما هنوز خیلی بزرگ نشده‌ایم. ممکن است ما را دوباره بگیرند و به کسانی دیگر بفروشند. نه، من قصد ندارم فرار کنم. می‌خواهم بمانم. هر جا بردند و به هرکس فروختند یا تحویل دادند، می‌گویم که می‌خواهم سربازش شوم. اسلحه به دست بگیرم. من فکرهای دیگری دارم. تو بهتر است بروی عروس شوی. شاید فرصت پیدا کردی و آزاد شدی و برای خودت یک خانه داشتی.

ـ اگر بخواهند اعضایمان را بفروشند؟

ـ خب آن وقت فرار می‌کنیم. هر طور شده فرار می‌کنیم.

ـ با این بچه‌ها چه خواهند کرد، نمی‌دانم.

ـ ای‌کاش می‌دانستیم/

ثریا نشست. به دیوار تکیه داد و شروع به گریه کرد. با گریه‌ی او دیگر بچه‌ها هم بغض کردند و نگران دورش جمع شدند و شروع به گریه کردند. رخساره، دختری که از ثریا کم‌سن‌تر بود اما قدی هم‌قد ثریا داشت، درحالی‌که سعی می‌کرد جلوی گریه‌اش را بگیرد و ثریا و دیگر بچه‌ها را آرام کند، مقابل ثریا نشست و گفت: «گریه نکن ثریا. خدا رحمت دارد. می‌داند که ما اسیر و درمانده‌ایم. شاید یک امیدی باشد.»

ثریا او را بغل کرد و با بغل کردن ثریا بغض رخساره ترکید. باز همه شروع به گریه کردند. یاسر به‌تنگ‌آمده از همه‌چیز داد کشید: «اِهه باز زرت و زاری شروع شد. خفه شوید.»

حامد، پسری که نه یا ده ساله به‌نظر می‌رسید و بسیار زیرک هم بود، سعی کرد همه را آرام کند. مرتب به ثریا و رخساره می‌گفت: «گریه نکنید. هنوز که چیزی نشده.»

ثریا گفت: «مگر نشنیدی آن بچه‌ها را بردند بکشند قلب و مغز و چشم و همه‌چیزشان را دربیاورند و ببرند و بفروشند؟ با ما هم همین کار را خواهند کرد.»

یاسر با همان لحن عصبی و ناراحت گفت: «نه، تو و رخسار و گلزار را

عروس خواهد کرد.»

رخساره پرسید: «چطور عروس خواهند کرد؟»

ـ نمی‌دانم، من شنیدم اما این‌جا نه، وقتی به آن‌طرف دریا بردند.

حامد که چشم به دهان و حرف‌های یاسر دوخته بود، گفت: «آن‌طرف دریا کجاست؟ اگر ما را به آن‌جا ببرند، چه خواهیم کرد؟ کسی را نداریم و جایی را نمی‌شناسیم. من نمی‌خواهم بروم. من می‌خواهم قبل از این‌که ما را ببرند، فرار کنم.

ثریا موافق با او گفت: «بله، من هم می‌خواهم فرار کنم.»

یاسر گفت: «این بچه‌ها را چه کنیم؟ با آن‌ها که نمی‌شود از دیوار بالا رفت و فرار کرد.»

ثریا گفت: «آن‌ها که می‌توانند با ما می‌آیند. بقیه را مجبوریم یا بغل کنیم یا این‌جا بگذاریم بمانند.»

یاسر گفت: «می‌خواهی آن‌ها بمانند؟»

ثریا گفت: «نه، اگر کمک کنی، با خودمان می‌بریم.»

حامد و رخساره گفتند: «بله، می‌بریم.»

یاسر پوزخند زد و گفت: «کجا خواهیم برد؟ ما جایی را نمی‌شناسیم. فرار کنیم کجا خواهیم رفت؟ اصلاً می‌دانید ما الان کجا هستیم؟»

ثریا گفت: «نزدیک کراچی.»

یاسر گفت: «کراچی. کراچی کجاست؟»

ثریا گفت: «شهر و بندر بزرگی است در پاکستان.»

یاسر گفت: «می‌دانم، قبلاً هم گفته‌ای اما ما که کراچی را نمی‌شناسیم. فرار کنیم در کراچی کجا خواهیم رفت؟ چطور به شهر و ده و خانه‌مان برخواهیم گشت. من نمی‌دانم اگر برگردم پدرم مرا به خانه راه می‌دهد یا نه؟ یا باز می‌گیرد و می‌فروشد.»

یاسر بغض کرد. دست روی چشمانش گذاشت و اشک چشمانش را پاک کرد و گفت: «نه، من فرار نمی‌کنم. آن‌طرف دریا که رفتیم، فرار می‌کنم.»

ثریا گفت: «من هم نمی‌دانم چطور به آبادی و خانه‌مان برگردم، امـا می‌ترسم اگر این‌جا بمانم، بمیرم.»

حامد گفت: «نه، نمی‌میری. شنیدی یاسر گفت تو را عروس می‌کنند.»

گلزار پرسید: «عروس یعنی چی؟ چطور ما را عروس می‌کنند.»

حامد خندید و گفت: «لباس سفید می‌پوشانند و می‌دهند به شوهر که یک مرد پولدار است.»

او (امین) که تمام مدت ساکت کنار ثریا نشسته و گوش بـه حرف‌هـای آن‌ها سپرده بود، بلند شد و گفت: «من فرار می‌کنم.»

همه متعجب از صحبت او که همیشـه سـاکت و گوشـه‌گیر بـود و او را پسربچه‌ای ضعیف و ناتوان می‌دانستند، چند لحظه بهت‌زده چشـم بـه او دوختند. بعد نگاه‌شان را از او گرفتند و پرسشگرانه به هـم دوختند. او کـه تعجب و سکوت همه را دید، مثل آن روزها که در خانه‌شان کنار مادر و یا خواهرش تهمینه می‌ایسـتاد و دسـت آن‌هـا را بـرای شـنیدن حرف‌هـایش می‌کشید، دست ثریا را کشید و گفت: «من فرار می‌کنم.»

ثریا گفت: «آفرین پسر خوب. باشد فرار می‌کنیم اما باید ببینم چطور می‌توانیم فرار کنیم.»

همه موافق با حرف ثریا گفتند: «بله، منتظر می‌شویم.»

یاسر گفت: «بله، منتظر می‌شویم. هر جا هم که ما را ببرند، از همـدیگر جدا نمی‌شویم.»

با صحبت ثریا و یاسر امید و آرامش دوباره بـه همـه برگشـت. غصـه‌ی دختربچه‌ها و پسربچه‌های خردسالی را که برده بودند تا بکشـند و اعضـای بدن‌شان را دربیاورند، برای لحظاتی از خاطرشان کنار رفت. همه نشستند و منتظر شدند.

روزها گذشت. بعد از چند هفته کـه باران‌هـای موسـمی کـه شـب روز می‌باریدند و هوای گرفته‌ی ابری در آن اتاق نمور زیرزمین بدون هر برنامـه و حرکت وکاری بر افسردگی و بی‌حوصلگی آن‌ها افزوده بود، نزدیک ظهـر روز شنبه از هفته‌ی سوم ماه سوم بود که باران بند آمد. هوا روشن و تابش

نور خورشید از پنجره‌ی باریک و دراز نزدیک سقف اتاق روی شاخه و تن درختان دیده شد. دو نگهبان، یعنی همان نگهبان پیر با یک نگهبان جوان که انگار تازه برای کار به آن‌جا آورده شده بود، در اتاق را باز کردند و گفتند بلند شوید و بیایید. بچه‌ها شاد از این‌که بیرون می‌روند و بعد از چند هفته می‌توانند در باغ بگردند و بازی کنند، هیاهوکنان بیرون دویدند. به محوطه‌ی مقابل انباری که در زیرزمین آن زندانی بودند رسیدند. ادریس، همان مرد لاغر سیه‌چرده را که در حاشیه‌ی چمن‌زار باغچه‌ی باریک و دراز گل‌های رز ایستاده بود، دیدند. دو مرد فرنگی که یکی چاق با موهای قرمز و یکی لاغر با سرِ بی‌مو و طاس بود، کمی دورتر ایستاده بودند. نگهبان‌ها از بچه‌ها خواستند بایستند. بچه‌ها که شوق هوای تازه و بازی را داشتند، از دیدن آن دو مرد و ادریس که چهره و وجودش برای همه آشنا و معرفی‌شده بود، تعجب کردند. بعضی نمی‌خواستند بایستند. بعضی دستشویی داشتند و بعضی از دیدن آن‌ها ناراحت بودند. نگهبان‌ها با بلند کردن چوب‌دستی و حرکت دادن شلاق در هوا همه را آرام در کنار هم صف کردند. امین کنار ثریا ایستاده و دست او گرفته بود. ادریس نگاهی به آن دو مرد خارجی انداخت. آن دو مرد آمدند. درحالی‌که آرام قدم برمی‌داشتند، به‌دقت تن و قد و هیکل بچه‌ها را ورانداز می‌کردند. از دیدن یاسر و حامد و ثریا و گلزار و رخساره خوشحال به‌نظر می‌آمدند. به‌طوری که مقابل آن‌ها لحظه‌ای ایستادند و خوب و دقیق آن‌ها را ورانداز کردند و چند کلمه‌ای به زبان خودشان که او بعداً فهمید فهمید انگلیسی است، با هم ردوبدل کردند و بعد مرد باریک‌اندام با سرِ طاس نزدیک‌تر رفت. دستی به شانه و بازو و سینه‌ی یاسر زد و بعد مقابل ثریا که رسید، ایستاد. صورت او را میان دستانش گرفت و خوب و دقیق به چشم‌ها و لب‌ها و دهانش نگاه کرد و اندامش را ورانداز کرد و با رضایت به طرف مرد چاق و موقرمز برگشت و هنگام برگشتن چشمش به امین خورد که دست ثریا را گرفته بود. نگاهی به او و صورت و قامت او انداخت و ادریس را با اشاره‌ی دست نزد خودشان خواند و کنار مرد موقرمز چاق در مورد او و چند بچه‌ی

کوچک دیگر که با دست به آن‌ها اشاره می‌کرد پرسید. انگار می‌پرسید که آن بچه‌ها چرا مانده‌اند؟ چرا برای فروش اعضا برده نشده‌اند و ادریس انگار می‌گفت که به اعضای این تعداد نیاز نبود. آن دو مرد بعد از صحبت کوتاه با هم به ادریس چیزی گفتند و گفته‌های ادریس را با تکان دادن سر تأیید کردند و رفتند.

ادریس با احساس اطمینان و قدرت بیشتری رو به بچه‌ها کرد وگفت: «تا عصر این‌جا هستید. عصر از این‌جا می‌رویم. تا عصر وقت دارید به کارهایتان برسید. اگر کیف و لوازمی دارید،جمع کنید. آن‌هایی که می‌خواهند حمام کنند، حتماً بروند دوش بگیرند. به بچه‌های کوچک هم کمک کنید که حمام کنند. ناهارتان را که خوردید، خوب بخوابید؛ چون راه درازی در پیش داریم.»

یاسر که بزرگ‌تر و شجاع‌تر از همه بود، پرسید: «کجا می‌رویم؟»

ادریس گفت: «جایی دور، آن‌طرف دریا.»

ـ ولی ما آن‌طرف دریا را نمی‌شناسیم. من نمی‌خواهم بروم.

ـ می‌شناسی. برای تو و چند تن دیگر جای خوبی است. مگر نمی‌خواستی کار خوب و زندگی خوب داشته باشی؟ آن‌جا خواهی داشت.

ـ ولی...

ـ برو به کارهایت برس.

ـ این بچه‌ها، چی؟ دخترها چه می‌شوند؟

ـ دخترها مسئله‌ای ندارند، اما این پسربچه را نمی‌دانم. شاید جایی دیگر بردند.

یاسر خواست باز سؤال کند. ادریس راه افتاد و درحالی‌که می‌رفت، به نگهبان‌ها اشاره کرد و گفت تا عصر باید آماده باشند.

بعد از رفتن او و مردهای غربی که انگار برای آشنایی با آن‌ها و راه و محیط آمده بودند، نگهبان‌ها به آن‌ها گفتند تا عصر هر کاری که ادریس گفت انجام دهند و عصر باید آماده باشند. بچه‌ها که بعد از رفتن ادریس و دیگران احساس آزادی و راحتی می‌کردند، شروع به گردش و بازی کردند.

ثریا و یاسر و حامد که بزرگ‌تر بودند و از برنامه باخبر شده بودند، متفکر و نگران به‌نظر می‌رسیدند؛ به‌خصوص ثریا که نگران از آینده بـود و مرتـب از یاسر و حامد می‌پرسید: «آن‌طرف دریا چطور جایی است؟ آن‌جا رفتیم چه خواهد شد؟» یاسر و حامد امیدوار و شاد از آینده و رفتن به آن‌طرف دریـا می‌گفتند نمی‌دانند. ثریا می‌پرسید: «ما را از این بچه‌ها جـدا کننـد، آن‌هـا چه می‌شوند؟»

وقتی ثریـا ایسـتاد و سـؤالش را دوبـاره تکـرار کـرد، یاسـر درحالی‌کـه شانه‌اش را بالا می‌انداخت، گفت: «من چه می‌دانم؟»

و درحالی‌که دست به شانه و گردن حامد انداخته و دور می‌شد، گفت: «بیا، بگرد به خودت برس. آن‌جا رسیدیم معلوم می‌شود.»

ثریا نگران کنار گلزار و رخساره ایستاده و ناراحت چشم بـه دوردسـت دوخت. در دل او چه می‌گذشت؟ چقدر چون امین دلتنگ مـادر و خانـه و خواهر و برادرش بود، اما اسیر شده بود و نمی‌دانست معنی فروخته شـدن چیسـت و کـودک فروخته‌شده دیگـر بـه مـادر و پدر و خانـه و بـرادر و خواهرش تعلق ندارد. بی‌کس و تنهاست. هیچ‌کس است. هیـچ‌کس. امیـن که چشم به ثریا دوخته بود، حال و دلتنگی او را حس می‌کرد و با همـه‌ی کوچکی نمی‌خواست هیچ‌کس باشد. او هشت یا نه سال بیشتر نداشت امـا به درازای عمر کوتاهش در طول آن چند ماه از روزی کـه فروختـه شـده بود، زندگی متفاوتی کرده بود. زجر کشیده بود. ماجراهـا از سـر گذرانـده بود. چیزهایی دیده و شنیده و آموخته بود که هرگـز تصـور آن‌هـا نـه‌تنها برای او بلکه برای یک مرد بالغ و بزرگسال هم باورنکردنی بود. در طول آن چند ماه با غصه و دلتنگـی‌اش سـاکت نشسـته و نگـاه کـرده و شـنیده و آموخته بود. فهمیده بود که فروختـه شـده و گرفتـار اسـت و می‌خواسـت خودش را نجات دهد، سرنوشتش را به دست گیرد و مسـتقل و آزادباشـد اما چطور؟ نمی‌دانست. منتظر بـود کـه چـه پیش می‌آیـد؟ دیگـران چـه می‌کنند؟ او را کجا می‌برند و به چه کاری می‌گمارند؟ این را ثریا با نگـاه و زمزمه‌هایش به او فهمانده بود.

۳

کشتی‌ای که آن‌ها را سوار کرده بودند، درحقیقت کشتی نبود؛ قایق بزرگی بود با انباری کوچک که به آن لنج می‌گفتند. آن‌ها را با تعدادی از کودکان و نوجوانان با رنگ پوست و زبان و ملیت‌های مختلف که از کشور و سرزمین‌های مختلف خریده و آورده بودند، یک‌جا در انبار قرار داده بودند. یاسر و ثریا مراقب آن‌ها بودند. با کمک حامد و منظر و رخساره و دو پسر بزرگ‌سال دیگر، بچه‌های کوچک و کم‌سن‌وسال را در گوشه‌ای از انبار جمع کرده بودند. او هم دلش می‌خواست میان بچه‌های بزرگ‌سال باشد. احساس بزرگی می‌کرد و می‌خواست چون ثریا و یاسر از بچه‌های دیگر مراقبت کند. برای همین به ثریا گفت که می‌خواهد کنار او بنشیند و مثل او از بچه‌ها مراقبت کند. ثریا با نگاهی پر از تحسین به او نگریست و بعد به یاسر گفت که اجازه بدهد امین هم کنارشان بنشیند. او هم می‌خواهد مراقب بچه‌های کوچک باشد. یاسر که نگاه و حواسش به کودکان و نوجوان‌های غریبه بود، قبول کرد و به او اشاره کرد که میان او و ثریا بنشیند. انبار کشتی با نور ضعیف لامپ کوچکی روشن بود و به‌زحمت چند قدم دورتر را می‌شد دید. برای همین کودکانی که در گوشه‌ی دیگر انبار نشسته بودند، اصلاً دیده نمی‌شدند اما صدایشان شنیده می‌شد. سروصدای آن بچه‌های ناآشنا بیش از حد زیاد بود؛ به‌حدی که یاسر و ثریا و حامد و

رخساره و دیگر بچه‌ها صحبت یکدیگر را نمی‌شنیدند و کلافه شده بودند. ساعتی گذشت. نزدیک غروب ادریس با مرد کوتاه‌قد و چاقی که پیراهن آستین‌کوتاه قهوه‌ای‌رنگی پوشیده بود و سیگار به لب داشت و یاسر و دیگر بچه‌ها حدس زدند که ناخدای کشتی است، در را گشودند و همان‌جا مقابل در ایستادند. ادریس با صدای بلندی خواست که همه ساکت شوند. نخست ناخدا به زبانی ناآشنا چیزهایی گفت و با دست به قسمت‌هایی از دیوارهای انبار اشاره کرد که سطل‌های فلزی به رنگ سرخ آویخته شده بود. ادریس صحبت‌های ناخدا را که به زبان انگلیسی بود ترجمه کرد و در آخر گفت: «غروب حرکت می‌کنیم و تا صبح روز بعد در راه خواهیم بود. بهتر است همان‌طور که ناخدا گفت و تأکید کرد، سر جایتان کنار هم محکم بنشینید و هنگام تکان‌های شدید کشتی همدیگر را بگیرید و مراقب هم باشید و برای این‌که حال‌تان زیاد به‌هم نخورد، خوردن و آشامیدن را کنار بگذارید. چند سطل در هر گوشه به دیوار آویزان است. آن‌ها را بردارید و میان خود بگذارید. کسانی که دریازده شدند یا حال‌شان در اثر تکان‌های کشتی به‌هم خورد، در آن‌ها بالا بیاورند.» در آخر درحالی‌که چوبدستی باریکی که همیشه در دست داشت تکان می‌داد، گفت: «دهان‌تان را ببندید و کم حرف بزنید. اگر زیاد سروصدایی بشنوم با این چوبدستی سراغ‌تان می‌آیم.»

ثریا و یاسر و خیلی‌ها خواستند پنجره و درِ انبار باز باشد تا هوای تازه بیاید. ناخدا قبول کرد و یکی از ملوان‌ها آمد و دو دریچه‌ی کوچک نزدیک سقف را باز کردند و درِ انبار را هم باز گذاشتند. گفتند هنگام حرکت کشتی آن را خواهند بست. آفتاب تازه غروب کرده بود که کشتی راه افتاد. غروب آفتاب و رنگ آتشین غروب در افق دور در پهنای دریا که از پشت شیشه‌ی دریچه‌ها دیده می‌شد، بسیار زیبا بود.

ساعتی که گذشت، سیاهی شب بر سر دریا نشست و نور لامپ ضعیف انبار فضای نیم‌روشن و تاریکی در انبار آفرید. همه‌ی بچه‌ها ساکت بودند. انگار همه خسته شده بودند. کمی که گذشت، تکان‌های آرام کشتی با مواج شدن دریا شروع شد و به‌تدریج با وزش شدید باد شدت گرفت. همه

ترسیده و ساکت بودند. صدای وزش شدید باد را می‌شنیدند. صدای زوزه‌ی باد و غرش موج‌های دریا و تکان‌های کشتی همه را گرفتار وحشت کرده بود. حال خیلی از بچه‌ها به‌هم ریخت. ثریا رنگش پریده و حالش به‌هم خورده بود. او که منتظر بود منظر یا رخساره برای کمک بیایند، دید حال آن‌ها هم خراب است. نگاه که کرد دید یاسر هم حالش به‌هم خورده و سطل قرمزرنگ فلزی را مقابل دهانش گرفته است. میان بچه‌ها، او و حامد و مظفر و یکی از بچه‌های هم‌سن‌وسال او به نام ایمان که بعدها بهترین رفیق و هم‌سفر و هم‌سرنوشتش شد، حال‌شان نسبتاً خوب بود و از دیگر بچه‌ها مراقبت می‌کردند. بعد از مدت‌ها که ثریا همیشه مراقب او بود و از او پرستاری می‌کرد، حالا او مراقب ثریا شده بود. سر ثریا را روی زانویش گذاشته بود و سطل دیگری را میان رخساره و منظر قرار داده بود. اما منظر با وجود حال به‌هم‌خورده و بدش از بچه‌های کوچک می‌خواست که چشمان‌شان را ببندند و سر جایشان محکم بنشینند.

اوضاع بدی بود. هرلحظه بر شدت وزش باد و طوفان افزوده می‌شد. باران سیل‌آسا می‌بارید و موج‌های بلند تکان‌های شدید به کشتی می‌دادند. به حدی که آن‌ها با هر تکان منتظر وارونه و غرق شدن کشتی بودند. توفان چند ساعتی همچنان ادامه داشت. کم‌کم اکثر بچه‌ها در اثر خستگی و حال خراب از حال رفتند و او تکیه داده بر دیوار انبار که سر ثریا روی زانویش بود، نفهمید کی از حال رفت یا خوابش گرفت. صبح روز بعد، آفتاب بالا آمده بود که با صدا و تکان دست ملوان‌ها و ادریس بیدار شدند و از انبار بیرون آمدند. کشتی در ساحلی خلوت و بندری متروک لنگر انداخته بود. ساحل شنی بود و سه ساختمان سنگی یک‌طبقه که بیشتر به انبار و اصطبل حیوانات شبیه بودند، در سینه‌ی کوه نزدیک ساحل دیده می‌شدند. اسکله‌ی ساخته‌شده در آن ساحل دورافتاده و بندر متروک چوبی و باریک بود. آن‌ها را به ترتیب از کشتی سوار قایقی کوچک کردند و به ساحل بردند. وقتی همه از کشتی پیاده شدند، ادریس که با توجه به وضع و حال آن‌ها لحن صحبت کردنش آرام و کمی مهربان شده بود، از آن‌ها

خواست به‌ترتیب از راه باریکی که به طرف ساختمان‌ها می‌رفت بالا بروند و در محوطه‌ی وسط آن سه ساختمان جمع شوند. آن‌جا دستشویی بود و می‌توانستند به توالت بروند و دست و صورت‌شان را بشویند، صبحانه بخورند و کمی قدم بزنند. همه‌ی بچه‌ها خواب‌آلود و گنگ و متحیر نگاه غریب خود را به محیط ناآشنا دوخته بودند. گیج و منگ در مسیر راه باریکی که ادریس و همکارانش گفته بودند، راه افتادند. ثریا هنوز حالش چندان خوب نبود و تلوتلو می‌خورد. او بازویش را گرفت و از راه باریک بالا رفتند. محوطه‌ی وسط سه ساختمان میدان کوچک گِردی بود با یک شیر آب و حوض کوچک سنگی که آب حوض از سوراخ کوچک پایین حوض خارج می‌شد و در مسیر باریکی مثل جویبار بسیار کوچکی در شیبی ملایم به طرف ساحل دریا روان می‌شد. وقتی آن‌ها در محوطه‌ی ساختمان‌ها جمع شدند، دو زن و یک مرد که چهره‌شان برای آن‌ها آشنا بود و کار آشپزی و نظافت و مراقبت از آن‌ها را به عهده داشتند، از ساختمان وسطی بیرون آمدند. با اشاره به هر سه ساختمان گفتند که دستشویی جداگانه‌ی مردانه و زنانه درون ساختمان‌ها قرار دارند. ثریا می‌خواست به دستشویی برود؛ او هم همین‌طور. بعد از شستن دست و صورت‌شان در آب خنک شیر آب وسط محوطه که معلوم بود از چشمه‌سار بالای کوه کشیده شده، آب خنک و هوای ملایم کوهستان و نسیمی که می‌وزید به تن و جسم خسته‌شان نیروی تازه‌ای بخشید. بعد از ساعتی همه‌ی بچه‌ها حال خوب خود را بازیافته بودند. همان‌طور که ادریس گفته بود، صبحانه‌ای که مثل گذشته آن دو زن آماده کرده بودند، روی میزهایی که به‌ردیف مقابل ساختمان‌ها قرار داشتند، چیده شده بود. بعد از خوردن صبحانه آن‌ها را به محل خوابگاه‌شان راهنمایی کردند. خوشبختانه گروه آن‌ها را از هم جدا نکرده بودند. باز هم در اتاقی که یکی از پنجره‌هایش رو به دریا و پنجره‌ی دیگرش رو به کوهستان گشوده می‌شد، قرار داده بودند. کف اتاق با حصیر و گلیم محلی که چندان نرم نبود، پوشانده شده و در چهار سمت آن بالش و پتوهای زیادی قرار داده بودند که هنگام خواب از آن‌ها استفاده کنند.

معلوم نبود که چه مدت باید آنجا می‌ماندند و چه تصمیمی در خصوص آن‌ها و آینده و سرنوشت‌شان گرفته می‌شد. ظهر، هنگام ناهار، ادریس چیزی نگفت. در مقابل سؤال خیلی از بچه‌های بزرگسال فقط گفت نمی‌داند، اما فکر می‌کند مدت زیادی آنجا خواهند بود تا وضعیت تک‌تک‌شان و جایی که خواهند رفت روشن شود. چون هر یک از آن‌ها به درد کار می‌خورند. بعد گفت: «نگران نباشید. همه‌چیز خوب خواهد شد. بهتر است در مدتی که این‌جا هستید، خوب بخورید و بخوابید و ورزش کنید و از کلاس‌هایی که برای یادگیری زبان و کارهای دیگر برایتان خواهند گذاشت استفاده کنید. من هرچند وقت به این‌جا خواهم آمد. مراقب همه‌چیز هستم. ما پول زیادی بابت شما خرج کرده‌ایم. باید آن را دربیاوریم و منفعت کنیم.»

بعد از گفتن جمله‌ی آخرش لبخندی زد و رفت. معلوم بود که محیط آن مکان دورافتاده‌ی ساحلی بسیار متفاوت با وضعیت سابق در آن اتاق زیرزمین انبار بود. آنجا امکان گردش و آموزش بود، اما چه نوع آموزشی؟ معلوم نبود.

چند روز بدون هر برنامه و اتفاقی گذشت. بچه‌ها می‌خوردند و می‌گشتند. جز آن دو زن و یک مرد میانسال خوش‌رو و یک نگهبان در کلبه‌ی کوچک در اسکله‌ی چوبی کسی برای کنترل و مراقبت از آن‌ها نبود. زن‌ها بیشتر سرگرم آشپزی و غذا بودند و چند دختر نسبتاً بزرگسال را به کمک گرفته بودند. ثریا و رخساره جزئی از آن دختران بودند و مرد میانسال همراه آن‌ها در کار تهیه‌ی مواد غذایی و لوازم مورد نیاز بود. هر روز صبح قایقی با مواد غذایی مثل شیر و پنیر و ماست، مربا و عسل، گوشت، روغن، سبزی، حبوبات و غیره می‌آمد. قایقران قوی‌هیکلی که آن را هدایت می‌کرد، مقابل پله‌های اسکله قایق را نگه می‌داشت. بارها را یک‌به‌یک برمی‌داشت و روی اسکله می‌گذاشت و آن مرد خوش‌رو که مسئول تهیه‌ی مواد غذایی و... بود، بعد از کنترل بارها، برای بردن‌شان از بچه‌های بزرگسال چون یاسر و... کمک می‌گرفت و اگر مواد غذایی و لوازم

ضروری دیگری مورد نیاز بود، سوار قایق می‌شد و می‌رفت و عصر با همان قایق و لوازمی که تهیه کرده بود، برمی‌گشت. گاه دیده می‌شد که هیچ وسیله و لوازمی نخریده و همراه ندارد و گاه با یکی از آن خانم‌ها می‌رفت. اما کجا می‌رفت؟ آن‌جا کجا بود؟ در چه کشوری بودند و کدام شهر و آبادی در آن نزدیکی‌ها بود که آن‌ها با قایق می‌رفتند و عصر برمی‌گشتند؟ اصلاً معلوم نبود و هیچ‌کدام از بچه‌ها خبر نداشتند و نمی‌توانستند که چرا چندان مراقبتی از آن‌ها نمی‌شود. اما همه حدس می‌زدند دلیلش دورافتاده و متروک بودن اسکله و آن ساحل است و به‌خاطر بی‌اطلاعی بچه‌ها از مکانی که آورده شده بودند، هیچ‌گونه نگرانی از بابت فرار و گریختن بچه‌ها نداشتند. کوهستانی بلند به‌شکل هلال آن ساحل خلوت و دورافتاده را در بر گرفته بود و جز از راه دریا یا بالا رفتن از کوه برای گریختن و رفتن از آن‌جا، راه دیگری نبود و معلوم نبود که آن‌ها در ساحل یک جزیره‌ی کوهستانی میان دریا هستند یا در ساحل یک کشور؟ بچه‌ها هم در فکر رفتن از آن‌جا نبودند چون جایی را نمی‌شناختند و کاری هم بلد نبودند و در سنی نبودند که بتوانند فرار کنند.

روزها به بازی و گردش اطراف ساحل و جمع کردن شن و صدف و ستاره‌ی دریایی می‌گذشت. وجود دریا و هوای خوب، آزادی و گردش و غذای کافی و مناسب، رنگ و خون تازه زیر پوست همه آورده بود. امین هر لحظه که تنها می‌شد، نگاهش را به دریا می‌دوخت؛ به افق دور دریا و غم دوری از خانه و مادر و خواهر و برادرش، سینه‌اش را درد می‌آورد. نمی‌دانست آن‌سوی دریا کجاست؟ اما فکر می‌کرد نزدیک ولایت آن‌هاست و اگر بتواند به آن‌جا برگردد، می‌تواند به خانه‌شان نزد مادر و خواهر و برادرش برود. معنی غم و غصه و دلتنگی و جدایی را نمی‌دانست، اما از احساس ناراحت‌کننده‌ای که دلش را می‌فشرد و به گریه‌اش وامی‌داشت بیزار بود. آن احساس دلتنگی و غریبی دست‌بردار نبود. از لحظه‌ای که از مادر و خانه‌شان جدا شده بود، آن احساس تنهایی و غربت بر دلش نشسته بود و هر لحظه با او بود و ولش نمی‌کرد. هر روز روی سنگی کنار

ساختمان غربی رو به ساحل می‌نشست، بعد از لحظه‌ها نگریستن بـه افـق دور که جز آبی گسـترده‌ی دریـا چیـز دیگـری دیـده نمی‌شـد، سـرش را برمی‌گرداند و چشم به کوهستان می‌دوخت؛ کوهستانی که آن‌ها در پایین دامنه‌ی آن نزدیک ساحل قرار داشتند. کوهستان اگرچه چندان بلند نبـود، اما به‌نظر او بسیار بلند و مخوف می‌آمد. پوشیده از علـف بـود و در بعضـی جاها در شیب ملایم به سمت دره‌ها پوشیده از درختـان انجیـر و زیتـون و بادام و انگور بود. این را زمانی همه فهمیدند که یاسر با چند تن از بچه‌های بزرگسال به‌خصوص یکی از بچه‌ها که از اهالی بنگلادش بود و سـن بـالایی داشت، به میان درختان آن ناحیه‌ی جنگلی رفتـه بودنـد و عصـر بـا کلـی انجیر و بادام و انگور برگشتند.

خانم‌های آشپز و آن مرد خوش‌رو اگرچه از کار آن‌ها بسـیار خوشـحال شده بودند، اما به آن‌ها تذکر دادند که نباید بدون اطلاع و اجازه به جاهای دور بروند چون ممکن است اتفاقی بیفتد. چند روز بعد که می‌خواستند باز به آن ناحیه‌ی جنگلی بروند، او و ثریا و رخساره نیز با آن‌ها همراه شدند. تا ظهر از دامنه‌ی کوهستان که شیبی گاه تند و گاه ملایم داشـت، به‌صـورت اریب بالا رفتند و بعد از گذر از سینه‌ی کوه به ناحیه‌ای رسیدند پوشیده از علف‌های بلند و درختان انبوه؛ جنگلی که در شیبی ملایم به سـمت دره‌ای نه‌چندان عمیق که در اثر جاری شدن نهـری از بـالای کوهستان بـه‌وجود آمده بود، ادامه داشت. جای بسیار باصفایی بود. درختان مو، بـادام و انجیـر مملو از میوه بودند.

شروع به چیدن میوه‌ها کردند. از ثریا و رخساره که قصـد بـالا رفـتن از درختان را نداشتند، خواستند انگور بچینند. یاسر و دیگر پسرهای بزرگسال از تنه‌ی درختان بادام و گردو و زردآلو بالا رفتند و مشغول چیـدن بـادام و انجیر و... شدند.

یاسر قبل از این‌که از درخت بـادام بـالا بـرود، بـه بهانـه‌ی نشـان دادن ردیف درختان مو نزد او و ثریا آمد و آرام گفت: «ثریا، کمـی پایین‌تر غـار کوچکی میان آن صخره‌سنگ است کـه درختـان مـو جلـوش را گرفته‌انـد.

خوب دیده نمی‌شود. بهترین جا برای مخفی شدن است. مـن اگـر روزی بخواهم فرار کنم، می‌آیم آن‌جا مخفی می‌شوم.»

بعد همراه آن‌ها در حال چیدن خوشه‌های انگور آمد و غار را که میـان صخره‌سنگ بود نشان داد. غاری کوچک با عمق بسیار کم بود. شـاخه‌های درختان مو که مقابل ورودی غار با فاصله‌ی کمی رشد کرده بودند، در هم پیچیده و مقابلش را کاملاً گرفته بودند. ثریا بعد از رفتن یاسر شاخه‌های مو را کنار زد و دست او را گرفت و داخل غار رفت. کف غار خاکی و پوشـیده از علف و سقفش کوتاه بود ثریا دقیق نگاه کرد وگفت: «راسـت می‌گویـد. بهترین جا برای مخفی شدن است. من هم اگر بخواهم فرار کنم، تو را هم با خود می‌آورم و این‌جا مخفی می‌شویم.»

به اطراف نگاه کرد و خندید. ساعتی مانده به عصر، بـا سـبدهای پـر از میوه که حمل آن بسیار دشوار بـود، برگشـتند. مـرد مهربان خـوش‌رو و خانم‌های آشپز از آن‌همه میوه بسیار خوشحال شدند. شب خوشه‌ای انگور با تعدادی انجیر و بادام و گردو کنار بشـقاب شام تمام بچـه‌ها قـرار داده بودند. بعد از شام و روزهای بعد یکی از سرگرمی تعدادی از بچـه‌ها نـوعی بازی با بادام بود. شکل بازی چنین بود که در زمینی صاف گودی کوچکی کنده بودند. از هر گروه یک نفر تعدادی بادام را میان کف دست می‌گرفت و از فاصله‌ای که تعیین کرده بودند، به درون گودی می‌انداخت. اگر تمـام بادام‌هـایش درون گـودی می‌افتـاد، بـه آن تعـداد از گـروه دیگـر بـادام می‌گرفتند و در نوبت بعد یک نفر از گروه دیگر این کـار را انجـام مـی‌داد. امین در گروه یاسر بود. خاطرش بود اگرچه برنده شدند، اما تعـدادی از بادام‌هایش را از دست داد و ندانست چرا!؟

۴

روزها همان‌طور در آن اردوگاه به گردش و بازی می‌گذشت تا این‌که بعد از گذشت دو هفته، یک روز نزدیک ظهر ادریس و ارباب‌هایش، یعنـی آن دو مرد فرنگی که معلوم نبود اهل کجا هستند، به همـراه چنـد مـرد و دو زن با کیف و چمدان و چند جعبه آمدند. قایقی که با آن آمده بودند سفید و بزرگ بود. بعد از پیاده شدن و حمل چمدان‌ها و خالی کردن بـار قـایق، ادریس از آن مرد مهربان و خوش‌رو که امین آن روز فهمید اسمش حفیظ و اهل امارات است، خواست بچه‌ها را به محوطـه‌ی ساختمان‌ها بخوانـد و بخواهد در صف‌های منظم بایستند. حفیظ، همان مـرد خـوش‌رو، مطابق رسم کار خود که در آن مدت به کار گرفته بود ، چند بار با چکـش بر یک صفحه ی فلزی آویخته شده از دیوار جنـب در ورودی آشـپزخانه زد. صدای دینگ ودانگ نواخته شدن چکش بر صفحه ی فلزی درمحوطـه پیچید . همه بچه ها بـا شـنیدن صـدای زنـگ دسـت از بـازی وصـحبت کشیدند و مطابق نظمی که در آن مدت یافته بودند هـر گـروه مقابـل ساختمان و پنجره اتاقی که در آن اقامت داشتند در صفی منظم کنار هـم ایستادند.

ادریس راضی از نظم بچه‌ها و کار حفیظ وسط میدان آمد. سلامی داد و حال بچه‌ها را پرسید و گفت: « می‌بینم که حال همه‌تان خوب اسـت و در

این مدت خوب استراحت کرده‌اید. از امروز کار معاینه و عکس و شماره و آموزش شروع می‌شود. باید هرکدام‌تان کارت مشخصات با شماره داشته باشید.»

و درحالی‌که با دست به چند زن و مردی که همراهش آن‌ها آمده بودند اشاره می‌کرد، گفت: «آقای دکتر با پرستارها آمده‌اند شما را معاینه کنند. آقای عکاس عکس شما را خواهد گرفت و خانم‌ها و آقایانی که آن‌طرف ایستاده‌اند، به آن‌هایی که تشخیص می‌دهند، صحبت کردن به زبان انگلیسی و طرز رفتار و مهمان‌نوازی را یاد خواهند داد. ما هم این‌جا مراقب کار آن‌ها هستیم.»

بعد از صحبت ادریس، کار عکاس با کمک همکار جوانش و کار دکتر با کمک دو پرستار شروع شد. آن‌ها در سه اتاق از اتاق‌های ساختمان وسطی که محل آشپزخانه و دفتر کار حفیظ بود، مستقر شده بودند. بچه‌ها را به ترتیب به درون ساختمان می‌خواندند. ابتدا عکاس از آن‌ها عکس می‌گرفت و بعد به اتاق معاینه‌ی پزشک می‌بردند. پرستارها اول از آن‌ها می‌خواستند لخت شوند. بعد از اندازه‌گیری قد و وزن و کنترل ظاهری وضعیت جسمی آن‌ها، در برگه‌ای شماره‌ای می‌زدند و نظرشان را می‌نوشتند و برای معاینه نزد پزشک می‌فرستادند. پزشک دقیق آن‌ها را معاینه می‌کرد و در همان برگه نظر نهایی خود را می‌نوشت که او و ایمان دوست هم‌سن‌وسالش بعداً متوجه شدند که این معاینه برای تعیین وضعیت بچه‌ها از لحاظ توانایی و نقص عضو بوده. مرد کوتاه‌قدی که همراه پزشک آمده بود، بعد از مطالعه‌ی نظر پزشک، نوع بهره‌مندی را می‌نوشت. منظور از بهره‌مندی نوع استفاده از بچه‌ها بود. مثلاً عده‌ای که تعدادشان زیاد بود، به‌خاطر وضعیت جسمی و قیافه و... به درد کار در کارخانه یا خانه می‌خوردند یا گروهی برای کار در مزرعه و یا دختران و پسرانی که قد و سیمای خوب و زیبا داشتند، مناسب برای عشرت تشخیص داده شده بودند. آن‌ها باید از بقیه جدا می‌شدند، چون خریداران خوبی داشتند و سود خوبی عاید آن‌ها می‌شد.

قرار بر این بود که به تمام بچه‌های هر گروه نسبت به نوع کاری که قرار بود مشغول شوند، آموزش‌های لازم را بدهند. آخرین گروهی که در آن چند روز مورد معاینه قرار گرفتند، کودکان خردسال و بعضی از بزرگسال‌ها با نواقص جسمی بودند. تعداد زیادی از بچه‌های خردسال را بعد از معاینه‌ی دقیق جسمانی و اطمینان از سلامتی جسمی و هوش آن‌ها، برای فروش به خانواده‌ها، به‌خصوص خانواده‌های اروپایی و... که به دنبال خرید بچه برای فرزندخواندگی بودند، انتخاب کردند. بقیه را در گروهی برای فروش اعضای بدن قرار دادند. در این گروه از هر سنی بود؛ از بچه‌های بزرگسال تا کوچک و غالباً بیمار یا با نقض عضو و ناراحتی دیگری که به درد هیچ کاری جز فروش اعضای بدن نمی‌خورند. بعداً فهمیدند که تعداد آن بچه‌ها که چند روز بعد از معاینه از دیگر بچه جدا شدند و شبانه به جای دیگر برده شدند، چهارده بچه‌ی کوچک و بزرگ بود. ثریا که از برده شدن چند تن از بچه‌های کوچک گروه آن‌ها برای فروش اعضا ناراحت نشسته بود، می‌گریست و می‌گفت: «طفلکی‌ها! آن‌ها را می‌کُشند و اعضای بدن‌شان را می‌فروشند.»

چند روز بعد، از یکی از زن‌هایی که در کار آشپزی بود، شنید که اکثر آن‌ها را به امارات یا به اروپا می‌فرستند و آن‌جا از اعضای بدن کودکان استفاده می‌کنند. وقتی ثریا پرسیده بود آن‌ها را می‌کشند نه همه، خیلی از آن‌ها زنده می‌مانند و نگهداری و پرستاری می‌شوند. شرکتی که آن‌ها را می‌خرد، مراقب است که خوب و سالم بمانند. به‌تدریج و به‌نوبت اعضای بدن آن‌ها را برای پیوند می‌فروشند. ممکن است یکی سال‌ها با فروخته شدن اعضایش زنده بماند و آزاد شود. مثلاً بچه‌ای هست که الان در دبی زندگی می‌کند. یک کلیه و یک قرینه و قسمتی از کبدش را درآورده و فروخته‌اند. آزاد شده و برای خودش زندگی می‌کند، اما خیلی‌ها مثل او شانس نمی‌آورند. تعداد زیادی با از دست دادن اعضای بدن‌شان می‌میرند. ثریا پرسیده بود مگر آزاد نیستندکه نخواهند و بگویند که نمی‌خواهند اعضای بدن‌شان را بدهند؟ زن آشپز خندیده بود و با

تأسف گفته بود: «نه، آن‌ها آزاد نیستند. شما هم آزاد نیستید. آن‌ها را فروخته‌اند و آن‌ها مالک جان خود نیستند.»

ثریا از وضع کودکانی که برای عشرت تعیین شده بودند، پرسیده بود. زن گفته بود که پسرها و دخترهای زیبا با تن و اندام خوب را برای عشرت انتخاب کرده‌اند. آن‌ها خریدارهای خوبی دارند و بیشتر برای استفاده‌های جنسی و عشرت در خانه و محل‌های خاص برده می‌شوند. پرسیده بود پسرها را هم؟ گفته بود بله بعضی جاها بعضی پسرها را می‌خواهند و از پسرها خوش‌شان می‌آید. بعضی‌ها پسرهای قوی را برای بستر خود انتخاب می‌کنند؛ به‌خصوص زن‌های پیر یا مردانی که تمایلات زنانه دارند. اما دختران زیبا را شیخ‌های پولدار خریدارند و این دختران بسیار خوش‌بخت می‌شوند. نگاهی به ثریا کرده بود وگفته بود: «تو را هم به شیخ یا به یک مرد پولدار خواهند فروخت. خوش‌حال باش. روی تو خیلی حساب می‌کنند.»

چند روز گذشت. ثریا در آن چند روز بسیار آشفته و ناراحت بود. به‌غیر از ساعاتی که باید به‌اجبار در کلاس‌های آموزشی شرکت می‌کرد، زبان، طرز رفتار، راه و رسم پذیرایی و دلربایی را می‌آموخت. بقیه‌ی ساعات روز گوشه‌ای می‌نشست و در فکر فرو می‌رفت. او از دنیا چه دیده بود؟ تازه بالغ شده بود و در زندگی کوتاهش جز فقر، دربه‌دری و اسارت چیزی نیافته بود. پدر و مادرش در انفجار بمب کنارجاده‌ای کشته شده بودند. او در خانه‌ی برادرش زیر بار تحقیرها و اذیت‌های زن‌برادرش مانده بود و تا بالغ شده و خود را یافته بود و چشم به فهم و درک دنیا گشوده بود، برادرش او را فروخته بود و از همان روز به او گفته بودند که دیگر آزاد نیست، فروخته شده است و فروخته خواهد شد. او با درک این مسئله و از دست دادن آزادی و اختیار فردی، سعی کرده بود هویت انسانی‌اش را حفظ کند. به همین جهت با وجود سن کم، به فهمی عمیق از حقیقت مفهوم زندگی، عزّت نفس و حرمت فردی رسیده بود و از لحظه‌ای که فهمیده بود او را برای عشرت مردی خواهند فروخت و بی‌حرمت و

بی‌عصمت خواهد شد، در خود شکسته بود. او دختری بسیار زجرکشیده اما مهربان و فداکار بود. با رفتار مهربان و خواهرانه‌اش با او و دیگر بچه‌ها، شخصیت مهربان خود را نشان داده بود و امین  وقتی ثریا را گرفته و پر از غصه می‌دید، کمی دورتر از ثریا ناراحت می‌ایستاد و چشم به او می‌دوخت. به‌حدی که بعد از ساعتی ثریا از او می‌خواست برود بازی کند و می‌گفت: «امین، چرا این‌جا چرا ایستاده‌ای؟ برو بازی کن. با دوستانت بگردد.»

یاسر و حامد و رخساره هم که متوجه ناراحتی ثریا شده بودند، سعی می‌کردند با دعوت از او برای قدم زدن و بحث و صحبت در مورد مسائل دیگر از ناراحتی او بکاهند. رخساره دختر هم‌سن‌وسال او که مثل او جزو گروه عشرت انتخاب شده بود، به ثریا اعتراض داشت و از او می‌خواست که شاد و بی‌خیال باشد.

می‌گفت: «برای چی غصه می‌خوری، مگر ما کی بودیم؟ چه داشتیم؟ فکر کن ما را به کس و جایی بفروشند. خانه‌ای برای خود، رختخوابی گرم برای خوابیدن و لباس‌های خوب برای پوشیدن خواهیم داشت. چرا غصه می‌خوری، مگر ما چه داشتیم؟ کی، کجا ما خانه و غذای کافی خوب داشته‌ایم؟ من خیلی خوشحالم که مرا انتخاب کرده‌اند.»

ثریا نگاهش می‌کرد و از این‌که رخساره حرمت و شرف خود را این‌همه نادیده گرفته بود، در دل او را ملامت می‌کرد اما چیزی نمی‌گفت. او با باورهایی بزرگ شده بود که برای رخساره و خیلی‌ها معنی نداشت و برای همین ناراحتی او را درک نمی‌کردند. یک روز یاسر هنگام بحث و گفتگو با ثریا از او خواست که از زن آشپز که از تقسیم بچه‌ها باخبر است، در خصوص سرنوشت و گروه دیگر بچه‌ها بپرسد. ثریا که از روز شروع کلاس‌های آموزشی کمتر به آشپزخانه و نزد خانم‌های آشپز می‌رفت، روز بعد نزد آن‌ها رفت و ظهر با خلق بد برگشت. عصبی و نگران بود. نمی‌توانست عصبانیتش را کنترل کند. با وجود این‌که یاسر و حامد و منظر دورش را گرفته بودند و مرتب از او در مورد خودشان سؤال می‌کردند، او بی‌توجه به سؤال‌های آن‌ها آمد، دست امین را گرفت و

کشید. به گوشه‌ای برد و گفت: «اگر می‌توانی از این‌جا فرار کن. تو و ایمان و چند نفر دیگر هم جزو گروه عشرت هستید اما برای شما برنامه‌ی دیگری دارند. می‌خواهند عقیم‌تان کنند.»

او پرسید: «عقیم یعنی چی؟»

ـ نمی‌دانم. خانم آشپز می‌گفت بیضه‌هایشان را درمی‌آورند تا دیگر مرد نشوند و مردانگی نداشته باشند. می‌شوند خواجه و به‌جای دخترها از آن‌ها استفاده می‌کنند و میان خانم‌ها قرار می‌دهند چون دیگر مرد نیستند.

بعد از شنیدن حرف‌های ثریا، گنگ و متعجب ماند. کوچک بود و هنوز به سن بلوغ نرسیده بود و نمی‌توانست مفهوم بلوغ و مرد شدن و مسائل جنسی و عقیم شدن را بفهمد، اما ثریا را مثل خواهرش تهمینه دوست داشت و هرچه او می‌گفت قبول می‌کرد. ثریا وقتی او را گنگ و گیج دید، دست بر شانه‌اش گذاشت و تکانش داد و گفت: «آن چند پسری که در آن ساختمان در تخت خوابیده‌اند، مثل تو برای گروه عشرت انتخاب شده‌اند. دو روز پیش دکتر بیضه‌هایشان را درآورده. تو را هم جراحی خواهند کرد.»

ـ جراحی یعنی چی؟

ـ نمی‌دانم، اما فکر می‌کنم دکتر پایین شکمت را می‌بُرد و بیضه‌هایت را درمی‌آورد و بعد می‌بندد و تو بعد از خوب شدن دیگر خواجه می‌شوی.

ـ خواجه یعنی چی؟

ـ یعنی نه زن، نه مرد، بزرگ هم نخواهی شد.

ـ نه، من نمی‌خواهم. من از جراحی می‌ترسم.

ـ امین کمی به حرف‌هایم گوش بده. گفتم تو و ایمان و چند نفر دیگر را انتخاب کرده‌اند. برو ایمان را پیدا کن و مسئله را به او بگو. باید از این‌جا برویم. من هم با شما می‌آیم.

ـ تو هم می‌آیی؟

ـ بله می‌آیم، برو.

یاسر و حامد و دیگران که کنجکاو بودند و می‌خواستند از ثریا در مورد

خودشان و گروهی کـه انتخـاب شده‌اند بپرسند، نزدیـک آمدنـد. یاسر درحالی‌که امین را کنار می‌زد، گفت: «هان ثریا، بگو ببینم، پرسیدی مـرا در کدام گروه قرار داده‌اند؟»

ثریا درحالی‌که سعی می‌کرد خود را بی‌تفاوت و سـرحال نشـان دهـد، گفت: «تو و حامد و چند نفر دیگر وضع‌تان خوب است. می‌خواهند شما را گارد کنند و بعد از تعلیم به گروه‌هایی که نظامی هسـتند بدهنـد. چیـزی که تو همیشه می‌خواستی.»

یاسر پرسید: «وضع امین چی؟»

ـ هیچی. او با من می‌آید. جزو گروه ماست.

یاسر با شنیدن حرف‌های آخر ثریا، با عصبانیت مشت بر دیوار کوبید و گفت: «وای، می‌خواهند بفروشند.»

ـ نه، اول می‌خواهند خواجه کنند.

حامد پرسید: «خواجه چی هست؟»

یاسر گفت: «یعنی مردانگی‌شان را برمی‌دارند.»

حامد با نگرانی درحالی‌که درسـت متوجـه مسـئله نشـده بـود، گفـت «برمی‌دارند؟»

ـ بله، برمی‌دارند تا دیگر مرد نباشد. نه مرد و نه زن.

ـ همه را؟

ثریا گفت: «آن‌طور که خانم می‌گفت، تعدادی را. بقیه را همان‌طور که هستند می‌فروشند. می‌گفت خیلی مردها هستند که پسرهای نوجـوان را به دخترها ترجیح می‌دهند و می‌خواهند آن‌ها را پیش خود نگه دارند.»

حامد نگاهی به صورت امین انداخت و با تأسف سـرش را تکـان داد و چیزی نگفت.

۵

سپیده تازه دمیده بود که یاسر آهسته در را گشود. به امین و ایمان که لباس پوشید و آماده دمِ در اتاق منتظر ایستاده بودند، اشاره کرد که آرام پشتِ‌سر او بروند. همه‌ی بچه‌ها خواب بودند. حامد مراقب بود که کسی متوجه نشود. از راهرو گذشتند و از ساختمان بیرون آمدند. ثریا از اتاق دیگر که مخصوص جمع دختران بود، آمده بود و پشت ساختمان منتظر آن‌ها بود. او از شب پیش تدارک همه‌چیز را دیده بود. برای او و ایمان و خودش به‌قدر چند روز در دو کیسه غذا و لوازم دیگر با یک بطری آب گذاشته بود. یاسر دو قوطی کبریتی که از نگهبانی دم ساحل دزدیده بود توی جیب آن‌ها گذاشت اما تأکید کرد تا می‌توانند آتش روشن نکنند تا دودش دیده نشود.

ثریا وضع لباس و کفش آن‌ها را وارانداز و مرتب کرد و کیسه‌ی غذا و لوازم را از شانه‌شان آویخت و گفت: «بروید، من هم با کمک یاسر عصر پیش شما می‌آیم.»

راه افتادند. یاسر راه را خوب بلد بود. آرام و با احتیاط از محوطه خارج شدند و در باریکه‌راهی به سمت دامنه‌ی کوهستان و منطقه‌ی جنگلی راه افتادند. یاسر تا دامنه‌ی کوهستان همراه آن‌ها آمد؛ جایی که باریکه‌راه قطع می‌شد، ایستاد. نگاهی به اطراف انداخت. آفتاب داشت طلوع می‌کرد

و شعاع نور آن بر سطح دریا بسیار زیبا بـود و منظـره‌ی شـگفت‌انگیزی را به‌وجود آورده بود.

گفت: «خب بچه‌ها، من باید برگردم. مواظب باشید تند نروید و عجلـه نکنید. آرام بروید. تا دو یا سه ساعت دیگر به منطقه‌ی درخت‌زار می‌رسید. جـایی کـه غـار هسـت. امـین آن‌جـا را دیـده. رسیدید همان‌جا، پشت درخت‌های مو، درون غار بمانید. عصر وقتی ثریا من هم همراهش می‌آیم تا عصر. فرصت کنم نزد نگهبان دم اسکله می‌روم چـون وردسـتش شده‌ام. چای، قند و صبحانه و ناهار و غذای شبش را برایش می‌برم. امـروز صبحانه‌اش را که می‌برم، از او می‌پرسم که از این‌جا، کجا بروید؟ این‌جا کجاست؟ کدام کشور است؟ نزدیک‌ترین شهر به این‌جا کدام شـهر اسـت؟ از این‌جا چطور می‌شود به افغانستان برگشت.»

بعد از تمام کردن حرف‌هایش، مشتی آرام از سر همـدلی و رفاقـت بـه سینه‌ی آن‌ها زد و برگشت و شتابان رفت. او نگاهی به کوهستان کرد.

مسیری را که قبلاً همراه با یاسر و دیگران آمده بود، در نظرش مجسم کرد. به ایمان اشاره کرد و راه افتادند. از شیب ملایم کوهستان شـروع بـه بالا رفتن کردند. با هر قدم که برمی‌داشتند، به مه غلیظی که بـر دامنـه‌ی کوهستان نشسته بود، نزدیک‌تر می‌شدند اما تـوجهی بـه آن نداشـتند. در زندگی کوتاه با سن کمی که داشتند، اولین بار بود که تصمیم بـه انجـام کاری گرفته بودند. هیجانی همراه با ترس از تنهایی و محیط کوهستان بر دل‌شان نشسته بود و تن و جان کوچکش را در بر گرفتـه بـود. بـا وجـود این‌که یاسر و ثریا گفته و تأکید کرده بودند که عجله نکنند و توجه‌شان به مسیری که می‌روند و چشم‌شان به مقابل‌شان و جـایی کـه پـا می‌گذارنـد باشد، اما آن‌ها تندتند قدم برمی‌داشتند. به‌خصوص ایمان که می‌گفت قبلاً خیلی به کوه رفته، تند قدم برمی‌داشت و او هم برای این‌که عقب نمانـد، ناگزیر قدم‌هایش را تند کرده بـود. شـتاب داشـتند کـه هرچـه زودتـر بـه درخت‌زار سینه‌ی کوه برسند. کمـی کـه بـالا رفتنـد، احسـاس خسـتگی کردند. پاهایشان دیگر توان نداشت و زانوهایشان درد گرفته بود. ایستادند.

مه از بالای کوهستان پایین آمده بود و هر لحظه غلیظتر می‌شد.

ایمان پرسید: «امین، به کدام طرف باید برویم؟»

ـ نمی‌دانم. اطراف را خوب نمی‌بینم.

ایمان با صدای گرفته گفت: «می‌ترسم. ممکن است گرگ یا حیوانی به ما حمله کند.»

ـ من هم می‌ترسم. بیا کنار هم بایستیم.

او که بیشتر احساس خستگی می‌کرد، نشست. به ایمان گفت بنشیند تا کمی خستگی در کنند.

کنار هم نشستند و لقمه‌ی نان و خرمایی را که ثریا برایشان درست کرده بود درآوردند و خوردند و کمی آب نوشیدند. قوتی گرفتند. امین برای اطمینان از مسیری که می‌رفتند، نگاهی به اطراف انداخت. قلوه‌سنگی را برداشت، بلند شد و به ایمان گفت: «تو هم قلوه‌سنگی بردار. اگر حیوانی مقابل‌مان درآمد، می‌زنیمش.»

ایمان بلند شد و پرسید: «کدام سمت باید برویم؟»

گفت: «به طرف بالا، بعد به سمت دره. کمی که بالا برویم، از مه که پایین می‌نشیند درمی‌آییم. آن‌وقت خوب اطراف‌مان را می‌بینیم.»

دست یکدیگر را گرفتند و به‌صورت اریب به سمت دره شروع به بالا رفتن کردند. نفس‌نفس می‌زدند. عجله داشتند هرچه زودتر از مه که هر لحظه پایین و پایین‌تر می‌رفت خارج شوند. لبه‌ی پرتگاه نه‌چندان بلندی، ایمان بی‌توجه روی سنگی که زیرش خالی بود پا گذاشت. سنگ غلت خورد، ایمان پایش لرزید و افتاد و او را که دستش را گرفته بود، با خود کشید. هر دو غلت خوردند و از پرتگاه که چندان بلند نبود، روی تخته‌سنگی افتادند. آرنج ایمان زخم شد و مچ پای چپش در اثر برخورد شدید با لبه‌ی سنگ آسیب دید. درد در جان هر دویشان پیچید. به‌حدی که هر دو از شدت درد نالیدند. ایمان دست بر بازویش نهاده بود و او پایش را میان دستانش گرفته بود و ناله می‌کرد. دقایقی به همان حالت گذشت. کمی بعد که از شوک افتادن و درد زخم‌هایی که برداشته بودند

خارج شدند، او به‌زحمت با وجود درد شدیدی که در پایش پیچیده بود، کفشش را درآورد و جورابش را پایین کشید. دید مچ پایش سرخ و کبود شده و در حال ورم کردن است. آرنج دست چپ ایمان هم زخمی و آستین پیراهنش پاره شده بود. ایمان که سرخی و کبودی پای او را دید، گفت: «ای کاش نمی‌آمدیم. حالا باید چه‌کار کنیم؟»

ـ صبر می‌کنیم تا مه برود. اطراف را نگاه می‌کنیم. اگر درخت‌زار را پیدا نکردیم، برمی‌گردیم می‌گوییم رفته بودیم گردش و در دامنه‌ی کوه افتادیم.»

ـ اگر قبول نکردند؟

ـ نمی‌دانم.

ـ خدا کند درخت‌زار را پیدا کنیم. اما اول باید پایت را ببندیم و یک چوب‌دستی پیدا کنیم که بتوانی با آن راه بروی. دو سال پیش مچ پای من هم این‌طوری شده بود. مادرم سقز نرم رویش گذاشت و محکم بست. پای تو را هم باید ببندیم.

ـ با چی؟

ایمان میان وسایل درون کیسه‌ها را گشت. دستمالی را که ثریا نان و پنیر را در آن گذاشته بود برداشت. نان و پنیر را در کیسه خالی کرد و گفت: «با این می‌بندیم. خودت هم کمک کن تا محکم ببندیم.»

ـ به هر زحمتی بود پایش را بستند. جوراب و کفشش را پوشید و بلند شد. نگاهی به اطراف انداخت. با بالا آمدن آفتاب مه به طرف دره می‌خزید. با دقت نگاه کرد. در مقابلش، کمی پایین‌تر، درخت‌زار را دید. چندان از جایی که آن‌ها بودند دور نبود. فهمید که در اثر دید کم در میان مه، بیشتر بالا رفته‌اند. بالای سرش را که نگاه کرد، صخره‌سنگی دید نه‌چندان بلند، کمی بیشتر از قد آن‌ها و فهمید که از آن‌جا افتاده‌اند. با دست درخت‌زار را به ایمان نشان داد و گفت آن‌جاست. زیاد دور نیست.

ایمان گفت: «بیا برگردیم.»

ـ برگردیم به ثریا چه بگوییم؟ اگر بخواهند ما را جراحی کنند، چه‌کار

کنیم؟ چطور فرار کنیم؟ نه، بیا برویم.

ایمان کمی فکر کرد و گفت: «راست می‌گویی. بیا برویم.»

با وجود درد شدید پایش، آهسته و لنگان کنار ایوان راه افتاد. به درخت‌زار که رسیدند، ایمان دوید. چوب خشکی را از پای یکی از درختان برداشت. شاخه‌های جانبی آن را شکست. دقیق وارسی‌اش کرد و آورد و به او داد و گفت: «با تکیه به این می‌توانی خوب راه بروی.» چوب را گرفت و با تکیه بر آن راه افتاد. محل غار را خوب می‌شناخت. در ردیف درختان انگور بود. مقابل محل غار که رسیدند، ایمان رفت درون غار را وارسی کرد و گفت: «بیا بنشین. من کمی انگور می‌چینم و می‌آیم.»

رفت چند خوشه انگور چید و آمد. درون غار کوچک کنار او نشست. ساعتی از ظهر گذشته بود و هر دو گرسنه بودند. هر کدام خوشه‌ای انگور خوردند و به دیواره‌ی سنگی غار تکیه دادند و آن‌قدر خسته بودند که خواب‌شان گرفت.

عصر ساعتی به غروب مانده بود که ثریا همراه با یاسر و حامد و مظفر، پسری که بیشتر وردست یاسر بود، آمد. وقتی آن‌ها را با آن وضع دیدند، ناراحت و نگران نشستند. ثریا دستمال را از پای او باز کرد و نگاه کرد. سر درنمی‌آورد اما گفت وای چقدر باد کرده و دوباره بست

یاسر پرسید: «می‌توانی راه بروی؟»

گفت: «بله می‌توانم. با کمک شاخه‌ی درختی که ایمان پیدا کرده، بله.»

ثریا رو به یاسر کرد و گفت: «این‌ها شب این‌جا چطور خواهند ماند؟» یاسر نگاهی به صورت آن‌ها و ثریا و حامد کرد و شانه‌اش را بالا انداخت و گفت نمی‌دانم.

هیچ‌کدام نمی‌دانستند که چه بکنند. در سن‌وسالی هم نبودند که از کوه و دشت و صحرا چیزی بدانند. نخست فکر می‌کردند می‌توانند با بالا رفتن از کوه فرار کرده و خود را نجات دهند، اما اکنون با حقیقت مسئله و اطلاعاتی که یاسر از نگهبان اسکله گرفته بود، فهمیده بودند که فرار

کردن برای آن‌ها غیرممکن است.

یاسر گفت: «ما آمده‌ایم شما را برگردانیم، چون نمی‌توانید فرار کنید.»

ثریا در تکمیل صحبت یاسر گفت: «یاسر از نگهبان اسکله پرسیده و او گفته هیچ‌جا نمی‌شود رفت. اطراف این‌جا دریا و کوه است. هیچ شهری اطراف این‌جا نیست. چند دهکده است که معلوم نیست ما را قبول کنند یا نه. فقط یک شهر در این حوالی است که آن هم از این‌جا خیلی دور است. اسمش چه بود؟»

یاسر گفت: «خلف. نگهبان می‌گفت آن‌جا مرکز دامداری و دباغی دارند. بعضی از بچه‌ها را برای کار به آن‌جا می‌فرستند، یعنی به صاحبان آن‌جا می‌فروشند. البته خیلی کم. این‌جا کشور عمان است. از افغانستان خیلی دور است. یادتان رفته ما را با کشتی به این‌جا آوردند؟ نگهبان از اهالی پاکستان است و زبان ما را خوب می‌داند.»

او و ایمان گیج شده بودند و از حرف‌های آن‌ها سر درنمی‌آوردند. نمی‌دانستند برگردند یا بمانند.

حامد گفت: «دیر است. آفتاب دارد غروب می‌کند. باید برگردیم.»

یاسر گفت: «بله، بیایید برگردیم.»

ثریا گفت: «این‌ها را چطور برگردانیم؟»

یاسر گفت: «نمی‌دانم.»

حامد گفت: «بیایید کمک‌شان کنیم. از کوه پایین که برویم، بقیه‌ی راه را خودشان می‌آیند.»

او گفت: «نه، ما این‌جا می‌مانیم. اگر برگردیم ما را جراحی می‌کنند.»

ایمان گفت: «بله، من هم می‌ترسم. نمی‌خواهم بیایم و مرا جراحی و خواجو و یا چه؟ نمی‌دانم.»

ثریا گفت: «خواجه.»

ـ بله، خواجه کنند.

یاسر گفت: «من نمی‌دانم خواجه کردن یعنی چی. از نگهبان اسکله پرسیدم. گفت وقتی یک عده پسر را می‌خواهند میان زن‌ها نگه دارند،

آن‌ها را خواجه می‌کنند. پسری هم که خواجه می‌شـود، دیگـر نـه ریـش درمی‌آورد و نه بزرگ می‌شود.»

ایمان ترسیده گفت: «پس چه می‌شود؟»

ـ هیچی. همین‌طور می‌ماند. کسی هم به او شغل و کار و زن نمی‌دهد. این‌ها را نگهبان می‌گفت و می‌گفت آدم بمیرد بهتر است تا این‌کـه اخته شود.

ـ اخته یعنی چی؟

ـ یعنی همان خواجه. اخته را نگهبان می‌گفت.

ثریـا کـتش را درآورد و روی دوش او انـداخت و از حامـد خواسـت کاپشنش را به ایمان بدهد. حامـد کاپشـنش را درآورد و بـه ایمـان داد و گفت: «کار دیگری هست که برایتان انجام دهیم؟ می‌خواهید هیزم جمـع کنیم؟»

ایمان گفت: «نه، خودم جمع می‌کنم.»

یاسر گفت: «پس ما می‌رویم. مراقب خودتان باشید.»

ثریاگفت: «فردا باز می‌آییم. مواظب باشید.»

راه افتادند و رفتند. بعد از رفتن آن‌ها ایمان رفت هیـزم جمـع کـرد و آورد وسط غار ریخت و رفت چند قلوه‌سنگ درشت از اطراف جمع کـرد و آورد. یک تکه چوب خشک برداشت و بـا دقت و مهـارت بـه‌شـکل دایـره شروع به کندن جایی کرد که می‌خواست آتش روشن کند. به‌قدر کافی که گود انداخت، قلوه‌سنگ‌ها را دورش چید و بعد از گذاشتن مقداری بـرگ و ساقه‌ی علف خشک، هیـزم جمـع‌کرده را کـه شـاخه‌ی باریک و خشـک درختان بود، در اندازه‌های کوچک شکست و مرتب روی هم چیـد. وقتی دقت و نگاه پر از تحسین امین را دید، لبخنـدی زد و گفـت: «این‌هـا را از پدرم یاد گرفته‌ام. وقتی می‌رفت شکارگاه مرا هم می‌برد. در دشت یا پای کوه که منتظر می‌نشست، زمین را می‌کند و گود می‌انـداخت. سـنگ‌ها را دورش می‌چید و علف و شاخه‌ی درختان را از اطراف جمع می‌کرد و آتش روشن می‌کـرد و گـاه سینه‌ی یکـی از پرنـده‌ها را کـه شکار کـرده بـود

می‌شکافت و دل و جگر و گوشت سینه‌اش را درمی‌آورد و کباب می‌کرد و می‌خوردیم. الان نمی‌شود پرنده‌ای گرفت. یعنی نیستند. فردا صبح می‌روم از اطراف کبک و پرنده‌های دیگر می‌گیرم و می‌آورم کباب می‌کنیم و می‌خوریم. نترس، ما گرسنه نمی‌مانیم. نگاه کرده‌ام. آن پایین نهر است و خیلی از حیوانات‌آن‌جا جمع می‌شوند. من می‌گیرم‌شان.»

او پرسید: «چطوری؟»

ـ بلدم. پدرم یادم داده.

ـ پدرت الان کجاست؟

قیافه‌ی ایمان در هم رفت و گریه‌اش گرفت و گفت: «پدرم مرده. او شکارچی بود. به‌غیر از فصل بهار و تابستان که برای کار در مزارع می‌رفت، بقیه‌ی سال را به شکار می‌رفت. تفنگ و کمان و طناب و کارد و قمه و تبر داشت. آن‌ها را با کوله‌پشتی‌اش به کمر و پشتش می‌بست و برای چند روز و گاه یک هفته به کوه می‌رفت. وقتی برمی‌گشت، با خودش آهو، گوزن، قوچ و گاه کلی پرنده که شکار کرده بود، می‌آورد. سهم خوراک ما را مادرم برمی‌داشت. بقیه را پدرم می‌فروخت. خیلی خوب بود، خیلی خوش می‌گذشت. من هم وقتی از این‌جا بروم، کار او را انجام می‌دهم؛ شکارچی می‌شوم.»

درحالی‌که دستانش را مشت کرده و ماهیچه‌های سینه و بازوانش را منقبض کرده بود تا درشت و قوی به‌نظر آیند، به صحبتش ادامه داد و گفت: «من قوی هستم. نگاه کن، نترس، با هم از این‌جا می‌رویم. پایت که خوب شد، به تو هم شکار کردن را یاد می‌دهم. با هم شکار می‌کنیم و می‌فروشیم. پول‌مان که زیاد شد، برمی‌گردیم افغانستان.»

ـ افغانستان؟

ـ بله.

ـ کجا؟ نزد کی؟

ـ به خانه‌تان پیش مادر و خواهر و برادرت؟ مگر نمی‌گفتی می‌خواهی نزد آن‌ها برگردی.

ـ چرا، می‌گفتم و می‌خواهم برگردم ولی می‌ترسم قبـولم نکننـد. ثریـا هم می‌خواهد برگردد، اما می‌گفت می‌ترسد قبولش نکنند. می‌گفت آن‌هـا ما را فروخته‌اند. برگردیم قبول‌مان نمی‌کنند و اگر هم قبول کنند باز ما را می‌فروشند.

ـ نترس، قبول می‌کنند. چون ما پول با خودمان می‌بریم و آن‌جـا پـول درمی‌آوریم.

ـ از چی؟

ـ از شکار و فروختن پوست آن‌ها.

ـ تو پیش مادرت برمی‌گردی؟

ـ نه، مادرم مرا دیگر قبول ندارد.

ـ چرا؟

ـ وقتی پدرم مرد، ما بی‌کس و فقیر و تنها شدیم.

ـ چرا مُرد؟

ـ رفته بود شکار، از کوه افتاد. می‌گفتند بالای کوه گرگی یا پلنگی بـه او حمله می‌کند و او از بالای صخره که خیلی بلند بوده پایین می‌افتـد و می‌میرد. مثل ما که پایین افتادیم. جنـازه‌اش را بعـد از چنـد روز آوردنـد. تفنگش را دزدیده بودند. فقط قمه و تبرش مانده، اگـر برگـردم، مـی‌روم از مادرم می‌گیرم.

ـ پس می‌توانی نزد مادرت بروی؟

ـ نه، مادرم شوهر کرده. بعد از فوت پـدرم مـا خیلـی تنهـا و بـی‌کس شدیم. مادرم می‌رفت کارگری اما همیشه کار نبود. تا این‌که با مردی آشنا شد و شوهر کرد. من از آن مرد که شوهر مادرم شد، خوشـم نمی‌آمـد. او هم از من خوشش نمی‌آمد. مـادر راضـی‌ام کـرد کـه مـرا بفروشـد، چـون می‌خواستند از آن ولایت بروند. مادرم هم به من گفت کـه می‌خواهنـد از آن‌جا بروند. گفت تو دیگر بزرگ شده‌ای. تو را می‌سپاریم دست کسی کـه به تو کار بدهد. برو برای خودت کار کن. من بعـداً متوجـه شـدم کـه مـرا فروخته‌اند، اما من برمی‌گردم.

ـ اگر بپرسند چند سالت است، می‌دانی؟

ـ بله یازده نه دوازده سالم است. فکر می‌کنم من از تو بزرگ‌تر باشم. قد و هیکلم را نگاه نکن. غذا بخورم و استراحت کنم، قدم بلنـد می‌شـود و قوی می‌شوم. نترس، ما با هم هستیم و از امـروز بـرادر هـم هسـتیم. اگر برگردیم افغانستان و تو را هم قبول نکنند، می‌رویم برای خودمان خانـه‌ای درست می‌کنیم. شاید ثریا آمد کمک‌مان کرد. او دختر مهربان و باهوشـی است. خیلی چیزها می‌داند.

ـ بله، خیلی چیزها می‌داند. من خیلی دوستش دارم. وقتی می‌بینمش یاد خواهرم تهمینه می‌افتم. عین تهمینه است. خیلی مهربان است.

ـ باشد، ثریا را هم با خودمان می‌بریم.

ـ هوا دارد سرد می‌شود. شب شـده. آتـش را روشـن مـی‌کنم. چیـزی می‌خوریم و می‌خوابیم.

ایمان به علف‌ها آتش زد و آتش شعله‌ور شد و گرمای خوبی میان غـار که آن‌ها پناه گرفته بودند، پخـش شـد. هرکـدام چنـد لقمـه نـان و پنیـر خوردند، آبی نوشیدند و کنار هم نشستند و درحالی‌که چشم به شعله‌های آتش دوخته بودند، با هم صحبت می‌کردند. کم‌کـم خـواب بـه چشم‌شان نشست و خواب‌شان گرفت. اما تازه به خواب رفته بودند که باتکـان دسـت یاسر و ضربه‌ی چوب‌دستی ادریس که با خشم به آن‌ها را دشنام می‌داد، از خواب پریدند. ادریس همراه با یاسر و حامـد و مـرد خـوش‌رو و نگهبان اسکله و یک جوان بزرگ‌سال بنگالی که قد و هیکل درشتی داشـت، بـرای بردن آن‌ها آمده بود. آن‌ها کـه از خـواب پریـده و غافلگیر شـده بودنـد، نمی‌دانستند چه بکنند. همان‌طور مات نشسته و نگـاه مـی‌کردند. ادریـس پشت‌سرهم دشنام می‌داد و سرشان داد می‌کشید. یاسر با اشاره و حرکت نگاهش به او و ایمان فهماند که چیزی نگفته. ایمـان کـه از جایش بلنـد شده بود، ادریس چند ضربه با چوب‌دستی به دست و شـانه و کمـرش زد. ایمان نالید. یاسر دست امین را گرفت و در حال بلند کردن گفت چیزی از قصد شما نمی‌دانند. فکـر مـی‌کنند آمـده بودیـد میـوه جمـع کنیـد کـه

افتاده‌اید. ادریس که از تنبیه ایمان خلاص شده بود، به طرف او آمد و چند ضربه به بدن او نواخت و درحالی‌که به پای آسیب‌دیده‌ی او نگاه می‌کرد، گفت: «من این پا را می‌شکنم تا دیگر نتوانی برای گردش و میوه چیدن به این‌جا بیایی.»

او و ایمان فهمیدند که ادریس از قصد فرار آن‌ها بی‌خبر است یاسر و حفیظ، مرد خوش‌رو، و نگهبان اسکله که نگاه دلسوزانه‌ای به او داشتند، بازویش را گرفتند و گفتند به ما تکیه بده و بیا. ایمان آتش را خاموش کرد و باقی‌مانده‌ی آب بطری را رویش ریخت و گفت نباید آتش نیم‌سوز بماند؛ درختان را می‌سوزاند. ادریس در عین دلسوزی به آن‌ها، سعی می‌کرد خودش را بسیار ناراحت و عصبانی نشان دهد. باز با چوب‌دستی‌اش به کتف آن‌ها زد و گفت راه بیفتید. با کمک یاسر و نگهبان درحالی‌که ادریس و حفیظ جلوتر می‌رفتند و ایمان و پسر بنگالی پشت‌سر آن‌ها بودند، از کوه پایین آمدند و به خوابگاه برگشتند. وقتی وارد محوطه‌ی مقابل ساختمان‌ها شدند، ثریا و رخساره و دیگر بچه‌ها مقابل ساختمان جمع شده و نگران منتظر بودند.

خانم آشپز که آن‌ها را دید، با عصبانیت گفت: «کی به شما گفته برای جمع‌آوری میوه بروید؟ دیگر حق این کار را ندارید.»

ادریس با عصبانیت به حفیظ و خانم‌ها نهیب زد: «تقصیر شماست. اگر از اول مخالفت می‌کردید، این مسئله پیش نمی‌آمد. حالا نمی‌دانم با پای شکسته و دست زخمی این‌ها چه بکنیم؟» بعد پرسید: «دکتر نخوابیده؟»

گفتند نه رفته در ساحل قدم بزند. آن‌ها را به دفتر دکتر بردند و یکی از پرستارها که آن‌جا کمک دکتر بود، آن‌ها را روی تخت خواباند. ساعتی دیگر دکتر آمد. بازوی ایمان را دید و زخمش را بست، اما بعد از معاینه‌ی پای او گفت: «نمی‌دانم که شکسته است یا نه، اما یقین دارم که ترک برداشته و در رفته. باید عکس رادیولوژی گرفته شود تا مشخص شود که چه شده. این‌جا گچ مخصوص برای گچ‌گیری هم نداریم.»

ادریس پرسید: «پس چه باید کرد؟»

گفت: «من دررفتگی را جا می‌اندازم و می‌بندم. چنـد روز بایـد تکـان نخورد و استراحت کند. الان تب دارد. تب‌بر می‌دهم. امیدوارم که پـایش از جایی که زخم شده و باد کرده عفونت نکند.»

ادریس با نگرانی پرسید: «اگر عفونت کند؟»

ـ ان وقت باید به بیمارستان ببریم.

ـ نمی‌توانیم. این‌ها پاسپورت و کـارت شناسـایی ندارنـد. خـودت بهتـر می‌دانی.

ـ فکر آن را هم می‌کنیم نگران نباشید. آنتی‌بیوتیک و تـبر می‌دهم.و اگر خوب نشد، او را می‌بریم بیمارستان درمان می‌کنیم و برمی‌گردانیم.

ـ شما پس‌فردا از این‌جا می‌روید. اگر بعداً ایراد پیدا کرد؟

ـ ایرارد کرد  به بیمارستان می‌آورید. من آن‌جا هستم.

ـ پس این‌ها را نمی‌خواهید مثل آن دیگری‌ها  عقیم کنید؟

دکتر نگاهی به آن‌ها و اطراف انداخت و دستش را روی پیشانی امـین گذاشت. معلوم بود که تمایل به جراحی نـدارد. دسـتش را از روی پیشـانی امین برداشت و گفت: «نه این‌که تب دارد، نمی‌شود. او هم همین‌طور.»

با اشاره و صحبت دکتر، آن‌ها فهمیدند که بلای جراحی و خواجه شدن آن‌ها از سرشان گذشته. آن دو را با کمک پرستـار به اتاق‌شـان برگرداندنـد. یاسر و حامد و ثریا و دیگر بچه‌ها از دیدن‌شان بسیار شاد بودند. به‌خصـوص وقتی فهمیدند که دیگر آن‌ها را جراحی و خواجه نخواهنـد کـرد. در حـین صحبت ایمان گفت: «من و امین تصمیم گرفته‌ایم باز فرار کنیم. اگر این‌جا نتوانیم، به هرجا که برویم، فرار خواهیم کرد.»

ثریا پرسید: «کجا خواهید رفت؟»

ـ نمی‌دانم، اما به منطقه‌ای کوهستانی مثل این‌جا.

ـ به منطقه‌ی کوهستانی مثل این‌جا؟

ـ بله ثریا، ما می‌خواهیم شکارچی شویم.

یاسر گفت: «شکارچی؟ می‌خواهید چی شکار کنید؟»

ـ شکار بز، آهو، حتی ماهی.

ـ جالب است.

ـ بلـه، آن‌وقـت مسـتقل می‌شـویم و محتـاج کسـی نیسـتیم. خانـه می‌سازیم. پول بیشتری درمی‌آوریم. گرسنه نمی‌مانیم.

حامد که از حرف‌های ایمان سر ذوق آمده بود، گفت: «پس می‌خواهید باز هم فرار کنید؟»

ـ حالا نه، بعداً، کمی که بزرگ شدیم.

ـ خوش به حال‌تان. اما اگر نگذارند فرار کنیـد یا شـما را بـه جایی و شهری بردند که کوه و دریا نداشت، چه خواهید کرد؟

ـ فرار می‌کنیم برمی‌گردیم این طرف‌ها یا می‌رویم افغانسـتان آن‌جـا برای خودمان کار می‌کنیم.

ثریا گفت: «خدا کند بتوانید فرار کنید.»

ـ فرار می‌کنیم و بعد می‌آییم تو را هم می‌بریم.

ـ مرا هم می‌برید؟

ـ بله، چون امین تو را خیلی دوست دارد و می‌خواهد تو پیشش باشی.

با شنیدن حرف‌های ایمان همه هو کشیدند. ثریا که از شرم سرخ شده بود، به طرف امین برگشت و درحالی‌که دست بـر شـانه‌ی او می‌گذاشـت، گفت: «من هم امین را دوست دارم. او مثل برادر کوچک من است. آن روز صبح در آن انبار وقتی او را آوردند و وارد اتاق شد، یک لحظه فکر کـردم برادرم فرهاد است. برای همیـن رفتم پیشـش. الان هرجا بخواهـد بـا او می‌روم و پیشش می‌مانم.»

امین از حرف‌های ثریا دلگرم و خوشحال شد. درحالی‌که نگاهش را بـه او دوخته بود، گفت: «ثریا، تو هم شبیه خواهر مـن تهمینـه هسـتی. مـن می‌خواهم تو همیشه پیشم باشی.»

ثریا خندید و دستی به سر او کشید و گفت: «باشد امین.»

یک ساعتی به شادی گذشت. گفتند و خندیدنـد و شـوخی کردنـد تـا زنگ خواب به صدا درآمد. تمام شب او به فرار با ایمان و ثریا فکر می‌کرد. دیگر مثل چند ماه پیش دلتنگ مادر و خواهر و برادر کوچک و خانه‌شان

نبود. در آن مدت کوتاه به‌اندازه‌ی تمام عمر کوتاهش رنج‌ها کشیده و چیزهایی دیده بود که برایش باورکردنی نبود. هنوز هم سن دقیق خودش را نمی‌دانست. خاطرش بود هر وقت صحبت از او می‌شد، به‌خصوص در آن چند ماه آخر که مادرش تصمیم به فروختن او گرفته بود، هر کس که سن او را می‌پرسید، مادرش دستی به سر او می‌کشید و می‌گفت: «وقتی درخت‌ها شکوفه داده بودند به دنیا آمد. فکر می‌کنم حالا هفت، نه نه، هفت نه، هشت یا نُه سالش باش.»

و او فکر می‌کرد حالا که تابستان است و چند ماه از بهار، شکوفه دادن درخت‌ها گذشته، باید نُه یا ده سالش باشد. می‌دانست جثه‌اش کوچک، قدش کوتاه و صورتش کودکانه است، اما مطمئن بود به‌زودی قوی و بزرگ می‌شود. سبیل و ریش می‌گذارد و مثل یک مرد قوی می‌رود ثریا را برمی‌دارد و همراه ایمان به هرجا که دوست دارند می‌روند. آرزو و رؤیای کودکانه‌اش همین بود. که آزاد و قوی شود و برای خودش کسی باشد و این کسی بودن را در آن مدت کوتاه خوب فهمیده بود. مدت کوتاهی که در آن به‌اندازه‌ی تمام عمرش تجربه اندوخته بود. آن‌قدر در فکر فرار و آینده بود که درد پایش را فراموش کرده بود. به خواب که رفت، تمام خواب و رؤیایش شکار همراه با ثریا و ایمان بود.

۶

حنیف مظفر تاجری بود از رأس‌الخیمه که می‌گفتند در کار تجارت نفـت است و گاه تجارت ادویه و پرنده هم می‌کند. حنیف مردی کوتاه‌قد و چاق بود با صورتی گرد و دماغی پهن و بزرگ و یک چشم کور.

نگهبان پیر اسکله برای یاسر که بیشترین وقتش را نزد او می‌گذرانـد و در انجام کارها به او کمک می‌کرد و از او بسـیار یـاد گرفتـه بـود، تعریـف کرده بودکه شـنیده حنیـف مظفر شیخ نیسـت و شـیخ نبـوده. نخسـت خدمتکار و بعداً مباشر یکی از شیوخ رأس‌الخیمه بوده و یـک چشمش را اربابش به‌خاطر نادرستی و خیانتش کور کرده بوده تا حنیف حسـاب کـار خود را بداند و حنیف از آن روز به بعد علاوه بر مطیع بودن، فهمیـده بـود که باید مستقل شود و برای آزاد و مستقل و ارباب خود بودن باید ثروتمند شود. برای همین در حین خدمت به ارباب یا ارباب‌هایش، دسـت بـه کـار واسطه‌گری و دلالی زده و از این راه ثروت بسیاری کسب کرده و شده بود شیخ و خود را شیخ نامیده بود. حنیف به شـکار علاقه‌منـد بـود و دوسـت داشت چند پرنده‌ی شکاری چون عقاب و شاهین و قوش را همیشه در هر سفر تفریحی همراه داشته باشد و هرچندگاه برای گـرفتن عقاب و بـاز و شاهین به آن منطقه می‌آمد و با کمک ادریس و دیگران پرندگان شـکاری کوهستان را با تله‌گذاری می‌گرفت، می‌برد، تربیت می‌کرد و در مناسبتی

برای پیشبرد کارهایش به بزرگان و شیوخ منطقه هدیه می‌داد. حنیف دوست و همکار تاجری داشت از اهالی ترکیه به‌نام ابراهیم اوزان که علاوه بر تجارت ادویه وکالای ترکیه در کارت تجارت کودکان به اروپا بود.

عصر روز جمعه از هفته‌ی دوم ماه چهارم، ساعتی به غروب آفتاب مانده بود که حنیف با قایق تفریحی مجهز و بسیار بـزرگش همـراه بـا دو قایق بزرگ دیگری آمد. همکارش ابراهیم اوزان تاجر تـرک نیـز همـراهش بـود. نگهبان اسکله به یاسر گفته بود که هوشـیار باشـد چون شـکار و گـرفتن پرنده‌ی شکاری بهانه است و آن‌هـا بـرای انتخـاب و بـردن دختربچـه‌ها و پسربچه‌ها آمده‌اند و می‌خواهند بهترین‌ها را انتخاب کرده و با خـود ببرنـد. یاسر پرسیده بود کجا می‌برند؟ نگهبان گفته بود نمی‌داند اما آن‌ها تاجرنـد. می‌برند و می‌فروشند و بعضی‌ها را هدیه می‌دهند. نگهبان گفته بود که کار هرساله‌ی حنیف همین است. هر سال در چنین روزهایی به آنجا می‌آیـد، چند روزی را به گردش، شکار و ماهیگیری و استراحت می‌گذراند و هنگام رفتن، تعداد زیادی از دختربچه‌ها و پسربچه‌ها را با خود می‌برد. یاسر بعد از شنیدن حرف‌های نگهبان با عجله نزد بچه‌ها آمد و موضوع آمدن حنیف را تعریف کرد و هشدار داد.

ثریا پرسید: «اگر بخواهد ما را ببرد چه؟»

یاسر گفت: «نمی‌دانم. از نگهبان پرسیدم گفت چه فرق می‌کند. اگـر او نبرد، به کس دیگری خواهند فروخت.»

با شنیدن حرف‌های یاسر همه در فکر فرو رفتند و فهمیدند کـه زمـان تعیین تکلیف و جدایی رسیده است.

وقتـی قـایق حنیـف در اسکله لنگـر انـداخت، ادریـس و حفیـظ به پیشوازشان رفتند. آن دو مرد غربی یعنی مـرد چـاق مـوقرمز و مـرد لاغر کله‌طاس همراه حنیف بودند. با دیدن آن دو مرد کنارحنیف همه مطمئـن شدند که حنیف برای انتخاب بچه‌ها آمده است. حنیف با آن هیکل چـاق و قد کوتاهش به‌زحمت با کمک ادریس و یکی از ملوان‌ها از قایق پیاده شد. بعد از او ابراهیم، تاجر ترک، و بعد دو مرد غربی و دیگـر همراهـان حنیف

پیاده شدند. با ادریس و دیگران سلام و احوال‌پرسی کردند و نگاهی به اطراف انداختند. بعد از تماشای دقیق اطراف ساحل، چمنزار سبز و کوچکی را نزدیک ساحل که تعدادی درخت اطرافش بود انتخاب کردند. افراد حنیف دسته‌به‌کار برافراشتن چادر حنیف و همراهانش شدند.

ادریس برای خوش‌خدمتی و نشان دادن توانایی بچه‌ها یاسر و حامد و چند نفر دیگر از پسربچه‌های بزرگسال با قد و قامت بلند و قوی را همراه با تعدادی از دختران صدا زد. ثریا خود را مخفی کرد اما رخساره و منظر با تعدادی دیگر از دختران رفتند. ادریس از آن‌ها خواست که در برافراشتن چادرها و فراهم کردن وسایل اقامت و استراحت شیخ حنیف و همراهانش به خدمتکاران حنیف کمک کنند.

ایمان که می‌خواست توانایی‌اش را نشان دهد، بدون این‌که ادریس از او بخواهد، همراه با یاسر و دیگر بچه‌ها رفت. کار سریع و منظم بچه‌ها به دل حنیف نشست و آفتاب غروب می‌کرد که چادر او و دو چادر دیگر برای اقامت همراهانش برافراشته شد. حنیف در آن مدتی که افرادش همراه با بچه‌ها مشغول برافراشتن چادرها بودند، از فرصت استفاد کرد و همراه با همکارش ابراهیم و دو مرد غربی به همراه ادریس به دیدار بچه‌ها در محوطه و درون ساختمان‌ها آمد و با نگاه خریداری چشم به آن‌ها دوخت. توجه و نگاه حریصانه‌اش بیشتر به دختربچه‌ها و پسربچه‌های خوش‌سیما با قدوقواره‌ی خوب بود و با اشاره‌ی دست آن‌ها را به ادریس نشان می‌داد و چیزی می‌پرسید. گاه می‌ایستاد، دقایقی طولانی صحبت و بحث می‌کرد. از وضع بازار و دشواری حمل قاچاق بچه‌ها به دیگر کشورهای منطقه و اروپا می‌گفت و از ضرر و زیانی که ممکن است ببیند و از خرید و آوردن بعضی از بچه‌ها و مسائل دیگر ایراد گرفت و بعضی موارد تازه را مطرح می‌کرد و در تأیید نظر او ابراهیم تاجر ترک می‌گفت راه اروپا بسته است و هزینه و خطرِ بردن بچه‌هایی که انتخاب می‌شوند خیلی زیاد است و شکایت داشت که تعداد دختران کَم است.

حنیف بعد از صحبت با آن دو مرد غربی و ادریس و صرف شام، برای

استراحت به چادرش رفت. یاسر که از نزد آن‌ها برگشت، تعریف کرد که حنیف هنگام رفتن به چادرش برای استراحت، رخساره را دم چادرش دید دستی به سر و روی او کشید و ادریس را صدا زد و خواست که رخساره شب پیش او باشد. ادریس چند کلمه درگوشی با او صحبت کرد و حنیف خندید و با دست به بازوی ادریس زد و ادریس برگشت. علاوه بر این‌که رخساره را نزد حنیف فرستاده بود، یکی از دختران تازه‌بالغ را نزد ابراهیم فرستاد و در برابر نگاه متعجب و گاه ناراحت او و دیگر بچه‌ها، خندان و راضی به اتاق خود رفت. یاسر و دیگر پسرها چیزهایی می‌گفتند که او نمی‌فهمید و ثریا بسیار نگران حال رخساره بود و مرتب می‌پرسید چه خواهد شد؟

فردای آن روز بعد از صرف صبحانه، ادریس پسربچه‌ها را جمع کرد و گفت آن‌هایی که با کوه و شکار آشنا هستند باید در گرفتن پرنده‌های شکاری مثل باز و عقاب به آدم‌های حنیف کمک کنند. گفت تله‌ها را همراه با گوشت گوساله و تعداد زیادی ماهی بالای کوهستان می‌برید و هر جایی که افراد جناب شیخ حنیف تعیین می‌کنند، می‌گذارید و آن‌جا می‌مانید. ایمان و یاسر و حامد و مظفر از گروه آن‌ها داوطلب شدند. امین امین به‌خاطر آسیب‌دیدگی پایش نمی‌توانست. از گروه‌های دیگر تعدادی دیگر داوطلب شده بودند و همراه ادریس رفتند. پایین کوه بچه‌ها در گروه‌های دونفری تله‌ها را که سبدی مستطیل‌شکل با در کوچک بود، برداشتند و راه افتادند.

ایمان با مسئله‌ی شکار و پرنده‌های شکاری آشنا بود. یاسر و دیگر بچه را به طرف منطقه‌ی بالای درختزار و میان درختزار راهنمایی کرد و آن‌طور که بعداً تعریف کردند، تله‌ها را با طعمه در مکان‌های مشخص و قابل مشاهده برای پرندگان قرار می‌دادند و خودشان زیر شاخه و برگ درختان که قطع کرده و منظم کنار هم طوری قرار داده بودند که زیر آن‌ها از دید پرنده‌ها و حیوانات پنهان باشند، مخفی می‌شدند. بعد از مخفی شدن زیر شاخه‌ی درختان، منتظر می‌ماندند. ساعت‌ها می‌گذشت، خبری نمی‌شد و

گاه موش و ماری برای خوردن طعمه به درون تله می‌خزیدند کـه خزیـدن مارها باعث ترس و وحشت آن‌ها شده بود اما ایمان گفته بـود کـه سـکوت کنند چون خود موش و مار هم برای پرنده‌ها طعمه هستند. البته بچه‌های سایر گروه‌ها که تله‌ها را به مناطق دیگـر کوهستان بـرده بودنـد، شـانس استفاده از شاخه و برگ درختان را نداشتند. غالب مناطق کوهستان لخـت و بدون درخت و درخچه و پوشیده از علف و سنگ بود. آن‌ها ناگزیر بودنـد بعد از گذاشتن تله‌ها همراه با افراد حنیف پشت سنگ‌ها یا در یک گودی و یا با کشیدن پارچه‌ای سبز به رنگ علف‌های کوهستان خودشان را پنهـان کنند اما ساعت‌ها ماندن زیر آفتاب، بدون سایه‌بان، طاقت‌فرسا بود. بسیاری از بچه‌ها گرمازده شده، حال‌شان به‌هم خورده بود.

گرفتن پرنده‌های شکار تا عصر طول کشید و بیش از سه پرنده یعنـی یک عقاب و دو قرقی و یک روباه نتوانستند بگیرند و چند نفر از بچه‌ها کـه تجربه‌ی گرفتن پرنده‌ها را نداشتند، هنگام به تله افتادن پرنده‌ها هیجان‌زده شده به طرف تله‌ها دویده بودند که پرنده‌ی به‌تله‌افتاده بـه آن‌ها حملـه‌ور شده و بعد از زخمی کردن دست و صورت آن‌ها پـرواز کـرده و رفتـه بـود. تعدادی هم گرفتار حمله‌ی شغال و گرگ زخمی شـده بودنـد. تنهـا گـروه یاسر و ایمان موفق شده بودند که یک عقاب و یک روباه را به تله بیندازند. عصر، آفتاب که غروب می‌کرد، خسته با سـر و روی خـاک‌آلود و زخمـی و خونین برگشتند. آدم‌های حنیف تله‌ها را با پرنده‌ها به قایق بردنـد. حنیـف از مهارت ایمان و یاسر و دیگر بچه‌ها بسیار خوشحـال بـود. ایمـان بعـداً تعریف کرد که می‌دانست پرنده‌ها دیر و بعدازظهر، ساعتی مانده به غـروب، برای یافتن طعمه پرواز می‌کنند، اما منتظر روباه نبود.

گفت: «وقتی یاسر گفت که روباهی را به تلـه انداختـه، خیلـی تعجب کردم. اما عقاب که به طرف تله آمد خیلی باهوش بود. بیش از سـه بـار دور تله چرخید و بعد که نشست باز احتیاط می‌کرد. اما گرسنه بود و نتوانسـت از ماهی و گوشت گوساله بگذرد. من هم صبر کـردم کـه مشغول خـوردن شود تا غافلگیرش کنم. همان‌طور که پدرم بارهـا گفتـه بـود، بایـد حیـوان

شکاری را غافلگیر کرد تا نتواند فرار کند. وقتی مطمئن شدم که به تله افتاده، باز می‌ترسیدم. برای همین باز یاد حرف پدرم افتادم که همیشه می‌گفت برای در امان ماندن باید جلوی دید عقاب را گرفت و یا چشم‌بند زد و من پارچه‌ای را که برای محافظت داده بودند، روی تله کشیدم. یاسر و حامد خیلی کمک کردند تا تله‌ها را پایین بیاوریم.»

عقابی که ایمان و دیگر بچه‌ها گرفته بودند، عقابی با منقار و سر و بال‌های طلایی و بسیار قیمتی بود. خیلی از آدم‌های ثروتمند و شیوخ منطقه خواهان چنان عقابی بودند. حنیف وقتی عقاب و روباه را دید و دقایقی طولانی ایستاد و عقاب پرطلایی را تماشا‌کرد، چنان از کار ایمان و دیگر بچه‌ها شگفت‌زده و راضی شده بود که همان‌جا به آن‌ها گفت شما از این به بعد برای من کار خواهید کرد و آن‌ها را به مباشرش سپرد.

سه روز بعد بیشتر به تفریح و گردش و شنا گذشت. بعدازظهر روز پنجم افراد حنیف چادرها را برچیدند و همان‌طور که حنیف انتخاب کرده بود، تعداد زیادی از بچه‌ها را در سه گروه به دو قایقی که همراه با قایق حنیف آمده بودند فرستادند. یاسر و حامد و ایمان و مظفر جزو افراد حنیف شده بودند. هنگام رفتن یاسر و ایمان با این بهانه که حنیف امین را هم انتخاب کرده، آمدند و او را میان خودشان قرار دادند و برای سوار شدن به قایق حنیف به طرف ساحل راه افتادند، اما دم ساحل ادریس مانع شد و دست او را گرفت و کشید و خواست که برگردد. یاسر به ادریس گفت: «او جزو نفرات ماست و جناب شیخ حنیف او را هم انتخاب کرده.» ادریس گفت نه او را انتخاب نکرده . یاسر و ایمان که ناراحت شده بودند و نمی‌دانستند چه بکنند، ناگزیر از او خداحافظی کردند.

ایمان با صدای بلند گفت: «امین، مطمئن باش هر جا باشی می‌آیم پیدایت می‌کنم.»

یاسر هم با ناراحتی برای تأیید حرف‌های ایمان سرش را تکان داد و گفت: «مطمئن باش.» او برگشت و دید ثریا را همراه با دختران دیگر در گروه عشرت به طرف کشتی می‌برند. ثریا بغض کرده بود و با ناراحتی او و

دیگر بچه‌ها را می‌نگریست. وقتی چشمش به او افتاد، شتابان آمد او را بغل کرد و گفت: «خداحافظ امین. خدا کند باز تو را ببینم. مواظب خودت باش.»

در مقابل حرف‌ها و محبت ثریا هرچه به خود فشار آورد نتوانست چیزی بگوید. گریه‌اش گرفت. تنها کاری که کرد دست ثریا را بوسید و با نگاه اشک‌آلود خداحافظی کرد. ثریا ناراحت و متأثر رفت، سوار قایق شد و ساعتی بعد که قایق‌ها حرکت کردند، امین دید اکثر بچه‌ها سوار شده و رفته‌اند و جز او و حدود پانزده کودک دیگر نمانده‌اند. همه را با قایق برده بودند. از گروه آن‌ها جز او و عنایت، پسربچه‌ی هم‌سن‌وسال او که قدی کوتاه و کله‌ای بزرگ داشت و کم‌هوش و ناتوان بود، سه پسربچه‌ی دیگر مانده بودند و از گروه‌های دیگر ده پسربچه. همه‌ی دختران را برده بودند. ادریس هم همراه آن‌ها رفته بود. فقط آن‌ها و نگهبان اسکله و حفیظ، مرد خوش‌رو، و خانم‌های آشپز مانده بودند.

همان‌طور که در ساحل ایستاده و دور شدن قایق‌ها را تماشا می‌کردند، حفیظ نزدیک شد و گفت: «اگر بی‌احتیاطی نکرده بودی و پایت آسیب ندیده بود، تو هم با آن‌ها می‌رفتی. به‌هرحال قسمت تو این بود. شاید هم به نفعت شد.»

پرسید: «آن‌ها را کجا می‌برند؟»

حفیظ گفت: «معلوم نیست. به جاهای مختلف می‌فرستند. آن‌ها را می‌فروشند بعضی‌ها اگر شانس بیاورند پایشان به خانه و جاهای مهم می‌کشد... بعداً شاید می‌توانستند خودشان را آزاد کنند.»

ـ ما را کجا می‌برید؟

ـ شما را فردا از این‌جا می‌برند. قرار است در یک جایی کار کنید. تو پسر باهوشی هستی. حواست را جمع کن، آن‌جا رفتی کار یاد بگیر، پولی که برای خرج روزانه می‌دهند جمع کن. شاید بتوانی روزی آزاد شوی و برای خودت کار کنی.

با شنید حرف‌های حفیظ که گفت آن‌ها را برای کار کردن خواهند برد

نگران شد و حفیظ نگرانی‌اش را از چهره‌اش فهمید. دست به شانه‌اش زد و گفت: «ناراحت نباش. خدا کریم است. شاید مصلحت این بوده. تو الان کوچک هستی، کمی که بزرگ شدی می‌فهمی این به نفعت بوده. من می‌دانم تو چرا آن روز به کوه رفتی. می‌خواستی فرار کنی تا عقیم نشوی. برای همین نگذاشتم تو را با آن‌ها ببرند. می‌خواستم ثریا را هم نگذارم اما نتوانستم. خب پسرجان، برو استراحت کن. فردا صبح شما هم از این‌جا خواهید رفت.

حفیظ باز دستی به شانه‌ی او زد و رفت. او هم برگشت کنار ساختمان زیر پنجره، همان‌جایی که همیشه می‌نشست ایستاد. چشم به دریا و به قایق‌ها دوخت که در افق دور هر لحظه دورتر و دورتر می‌شدند. ترس از تنهایی با غم غربتِ همان روزی که مادرش او را فروخت و ادریس مرد لاغر سیه‌چرده دستش را گرفت و کشید و برد، دوباره بر دلش نشست. با رفتن دوستانش اکنون باز تنها شده بود. تنها و بی‌کس. مثل همان روز اول. یاد حرف بهارگل، آن زن مهربان، افتاد که یک روز گفت: «امین تو را فروخته‌اند. تو دیگر تنها هستی و از این پس همیشه تنها خواهی بود.» و اکنون او معنی تنهایی را درک می‌کرد و می‌فهمید که از این پس بی‌کس و بی‌همراه است و باید خودش بار زندگی‌اش را به دوش بکشد. دلش برای ثریا و یاسر و ایمان و دیگر بچه گرفت. چقدر مهربان بودند. ای‌کاش باز می‌توانست آن‌ها را ببیند. ای‌کاش می‌توانست باز کنار ثریا بنشیند. به یاد عهدی که با ایمان بسته بودند افتاد و عهدی که با خود بسته بود تا تلاش کند روزی آزاد شود.

زیر لب گفت: «من روزی آزاد خواهم شد. حتماً می‌آیم پیدایت می‌کنم ثریا.»

عنایت که بیشتر وقت‌ها منزوی بود و گوشه‌ای می‌نشست و بدون این‌که حرفی بزنند فقط نگاه می‌کرد، نزد او آمد و کنارش ایستاد و درحالی‌که دست او را می‌گرفت، پرسید: «آن‌ها چرا رفتند؟»

ـ آن‌ها را به جای دیگری بردند.

ـ ما را هم می‌برند؟

ـ بله، فردا ما را هم می‌برند.

ـ کجا؟

ـ نمی‌دانم، می‌برند که جایی کار بکنیم.

ـ من هم کار خواهم کرد؟

ـ بله؟

ـ چطور؟

ـ نترس، من کنارت هستم.

عنایت سرش را به شانه‌ی او تکیه داد. امین برگشت و دید عنایت آرام گریه می‌کند. آفتاب دیگر غروب کرده بود.

۷

همان‌طور که روی سکوی کنار اصطبل نشسته بـود و چشـم بـه دوردسـت داشت، گله‌ای از گوسفندان را دید که دو چوپان آن‌ها را از چرا برگردانده و به سوی آخـور هـدایت می‌کننـد. چنـد روز پیـش تعـدادی از گوسـفندان پروارشده را به کشتارگاه فروخته بودند و کامیونی برای بردن‌شان آمده بود. مباشر صاحب دامداری و پرواربندی گوسفندان و پرورش اسب کنار کـریم، مرد مهربانی که او را در آن دامداری به خدمت گرفتـه بـود، گوسـفندان را یک‌به‌یک شمرد و تحویل مرد خریدار داد. کاغذی را امضا کـرد و پـاکتی را که حاوی پول بود، گرفت. درست ماننـد ادریـس کـه او و دیگـر بچه‌هـا را شمرد و تحویل داد و پول را گرفت. خاطره‌ی تلخ آن روزها هرگز از یـاد او نمی‌رفت و ملکه‌ی ذهن و خاطرش شده بود. یاد دوسـتانی کـه او در آن دوران بی‌کسی حمایت و محافظت کرده بودند همیشه در خاطرش بود.

به خاطر آورد که فردای آن روز، بعد از رفتن حنیـف و بـردن بچه‌هـا، برخلاف روزهای پیشین، حفیظ آن‌ها را دیر از خواب بیدار کرد و خواسـت که وسایل‌شان را جمع کنند و آمـاده‌ی رفتن باشند. نه او و نـه هیچ‌یـک از بچه‌ها جز لباسی که تن‌شان بود، وسیله‌ای نداشتند. دست و صورت‌شان را شستند و بیرون آمدند. محوطه خالی و خلـوت بـود و مثـل روزهـای قبـل خبری از سروصدای بچه‌ها، شـوخی و متلـک گفـتن و روی سروکول هـم

پریدن و همدیگر را هل دادن نبود. نه ثریا بود، نه ایمان و نه یاسر و نه بچه‌های دیگر، هیچ‌کدام. خانم‌های آشپز در محوطه‌ی مقابل ساختمان وسطی که آشپزخانه در آن قرار داشت، صبحانه‌ی مختصری را که نان و پنیر با لیوانی چای بود، روی میزی چیده بودند. حفیظ از آن‌ها خواست صبحانه را که خوردند، آماده‌ی رفتن باشند. او میل چندانی به صبحانه نداشت. چند لقمه خورد و در حین نوشیدن چای به عنایت کمک کرد که صبحانه‌اش را بخورد و چایش را بنوشد. خانم‌های آشپز که عجله داشتند میز صبحانه را زودتر جمع کنند، کنار در ساختمان ایستاده بودند و مرتب می‌گفتند: «زود بخورید.»

بعد از خوردن نان و پنیر، وقتی بچه‌ها مشغول نوشیدن چای شدند، آن‌ها با عجله میز صبحانه را جمع کردند. لیوان‌ها را از دست بچه‌ها گرفتند و به آشپزخانه بردند و بعد از شستن ظرف‌ها و مرتب کردن آشپزخانه با کیف و وسایل شخصی‌شان در دست بیرون آمدند. کنار بچه‌ها منتظر ایستادند. حفیظ همراه با نگهبان پیر تمام اتاق‌های ساختمان‌ها را برای وارسی گشت و بیرون آمد و درِ ساختمان‌ها را جز ساختمان وسطی بست و قفل کرد و کلیدش را به نگهبان داد. نزدیک ظهر ادریس با یک قایق بزرگ آمد و بدون توجه به بچه‌ها با حفیظ و نگهبان صحبت کرد. به داخل ساختمان وسطی که محل دفتر اداری حفیظ بود رفت و بعد از ساعتی برگشت. وقتی از بسته بودنِ در و پنجره‌ی ساختمان‌ها مطمئن شد، درحالی‌که به نگهبان چیزهایی می‌گفت و می‌سپرد، از آن‌ها خواست که سوار قایق شوند. حفیظ با کمک دو ملوان قایق کمک کردند که بچه‌ها سوار شوند. او آخرین نفری بود که همراه با حفیظ سوار شد. ادریس بعد از سوار شدن خانم‌ها، با نگهبان پیر اسکله که آن‌جا می‌ماند خداحافظی کرد و سوار شد. او یادش آمد که هنگام سوار کردن آن‌ها به قایق مرد نگهبان با نگاهی پر از افسوس به آن‌ها می‌نگریست.

قایق که حرکت کرد، او نگاهش را به ساختمان‌ها دوخت. به یاد روزهایی افتاد که در آن چهار ماه در آن‌جا بودند و به منطقه‌ی درختزاری

که بعد از افتادن و آسیب دیدن پایش در غار کوچک میان آن پناه گرفتند. به یاد مهربانی و کمک دوستانش افتاد و فکر کرد اکنون ثریا، یاسر و ایمان کجا هستند؟ کجا رفته‌اند؟ نمی‌توانست حدس بزند. آن‌قـدر بـزرگ نبـود و تجربه نداشت و عقلش نمی‌رسید و نمی‌توانست تصور کند که آن‌هـا را بـه کجا برده‌اند؟ کنار عنایت نشست و چشمانش را بست. نمی‌خواست اطرافش را ببیند و صدای ادریس و خنده‌هایش را بشنود. از حفیظ شنیده بود که او و خانم‌ها و ادریس به پاکستان برمی‌گردند و اکنون که به یاد آن روزها بود، می‌فهمید که ادریس همراه با آن‌ها برای خریدن بچه‌های دیگر برمی‌گردند و باز همان برنامه برای کودکان خریداری‌شده تکرار می‌شد.

ساعتی به غروب مانده بود که به بندر شهر کـوچکی رسیدند. ادریس پیاده شد و از ملوان‌ها و حفیظ خواست کـه آن‌هـا را پیـاده کننـد. بعـد از پیاده شدن خواست که به طرف بارانداز و کامیونی که ایستاده بـود، بروند. سفر با قایق و تکان‌های آن و هوای دریا حال تعدادی از بچه‌ها را به‌هم زده بود. بعضی‌ها تعادل نداشتند و اکثراً گیج و منگ بودند. اما ادریـس توجـه نداشت. عجله داشت که از دست آن‌ها خلاص شـود. نزدیک کامیون کـه رسیدند، مردی هندی با چهره‌ای استخوانی کنار مـردی قوی‌هیکـل کـه کلاهی سفیدرنگ به سر داشت، ایستاده و منتظر بـود. مشخص بـود کـه ساعتی است منتظر آن‌ها هستند. ادریس با مرد هندی دست داد و صحبتی کرد. کاغذی را که مرد هندی داد خواند و امضا کرد و پاکتی را که حاوی پول بود گرفت و بـرای اطمینـان در پاکـت را بـاز کـرد و پول‌هـا را شمرد. بعد به طرف آن‌ها برگشت و شـروع کـرد بـه تحویـل دادن بچه‌ها. بدون نگاه کـردن بـه بچـه‌ها، یکی‌یکـی آن‌هـا را می‌شمرد و بـه آن مـرد قوی‌هیکل تحویل می‌داد و او بچه‌ها را مثل گوسفند برمی‌داشت و بـه مـرد دیگری که پشت کامیون بـود، می‌داد و آن مـرد هریـک از بچـه‌ها را کـه می‌گرفت مثل گوسفند به انتهای کامیون هدایت می‌کـرد. بـا سـوار کـردن تمام بچه‌ها، ادریس راضی و مطمئن به طرف قایق در لنگرگاه راه افتـاد. بـا رفتن ادریس با اشاره‌ی مرد هندی، چادر کامیون را کشیدند تـا او و دیگـر

بچه‌ها دیده نشوند و کامیون حرکت کرد.

پس از طی مسافتی در محوطه‌ی کارخانه‌ای کـامیون را نگـه داشـتند. چادر کامیون را کنار زدند و از آن‌ها خواستند که پیاده شوند. بوی بد و تند و آزاردهنده‌ای می‌آمد. محیط اطراف کارخانه تمیز نبود. مرد هندی آمـد و اشاره کرد که پشت سر او بروند. آن‌ها را به ساختمان یک‌طبقه‌ای برد کـه راهروی باریکی داشت با دستشویی که دری کوتـاه داشـت و بـوی بـد آن، فضای راهرو را که چندان تمیز نبـود، پـر کـرده بـود. مـرد هنـدی از مـرد دیگری که از اهالی آن شهر و منطقه بود خواست که درِ اتاق‌ها را باز کند و آن مرد درِ دو اتاق نزدیک به انتهای راهرو را گشود و از بچه‌ها خواست کـه هرکدام تختی را برای استراحت و خوابیدن انتخاب کنند. در هـر اتـاق کـه چندان بزرگ نبود، هفت تخت فلزی با تشک نازک و لحاف چرکـی بـدون ملافه و یک بالش قرار داشت. امین علاوه بر لنگی پایش، بـه‌خاطر عنایـت که کند بود و کند حرکت می‌کرد، از همه عقب ماندند. به هریک از اتاق‌هـا که رفتند تخت‌ها تصاحب شده بود. مرد هندی که متوجه لنگی پای او و کندی عنایت شد، به آن مرد مسئول خوابگاه اشاره کرد و خواست که برای آن دو جایی در اتاقی بیابد و آن مرد درِ اتاق باریک وکوچکی را کـه بیشـتر یک انبار بود تا اتاق با پنجره‌ای کوچک در بالا نزدیک سقف، گشود و به دو تختی که کنار هم در فاصله‌ی کمی قرار داده بودند اشاره کـرد و از آن‌هـا خواست که به آن اتاق بروند. او دست عنایـت را گرفـت و بـه اتـاق رفتنـد. وقتی مرد در را می‌بست، با اشاره‌ی دست به آن‌ها گفت که صبحانه‌ی فردا صبح بین ساعت هفت تا هشـت است و سـاعت هشـت وقـت کـار اسـت. خوشبخـتانه تشک و لحاف و بالش تخت‌های اتاقی که به آن‌هـا داده بودنـد تمیز و نو بودند. عنایت که حالش چندان خوب نبود، دراز کشید و زود بـه خواب رفت. او هم دراز کشید. نمی‌توانست فکر کند. در آن چند ماه آن‌قدر حادثه و ماجرا دیده و تجربه کرده بود که قادر به فکـر کـردن بـه آن‌هـا و آینده نبود. چشم به سقف اناق و لامپ کم‌نور بالای سقف دوخته بود کَه با خاموش شدن آن، او نیز به خواب رفت.

8

صبح روز بعد با صدای زنگ ساختمان بیدار شدند. غلغلهای در راهرو بود. تا
عنایت بیدار شود و او باند پایش را که شل شده بود باز کند و دوباره ببندد،
مدتی طول کشید. بیرون که آمدند، فقط چند پسربچه کـه ناآشـنا بودنـد
نزدیک در دستشویی منتظر بودند. او و عنایت هم منتظر ایستادند. بعـد از
رفتن دیگر بچهها نوبت به او و عنایت رسید. در دستشویی دو توالت بود که
عنایت را به یکی از آنها فرستاد و خودش از دیگری استفاده کـرد. بعـد از
شستن دست و صورت، دستی به سر و موهایش کشید و همراه بـا عنایـت
بیرون آمد. بیرون مقابل ساختمان مرد هندی با مرد دیگری با گاری دستی
فلزی ایستاده بود. درون سبد روی گاری لباس قـرار داشـت. مـرد هنـدی
نگاهی به قد و اندازهی آنها کرد. عنایت چاق اما قدکوتاهتر از او بود. به هر
دام لباس کار داد و اشاره کرد که بروند بپوشند. او گرفت و همراه با عنایت
به اتاقش برگشت. لباسهایشان را عوض کردند و لباس کار پوشیدند. لباس
کارها به تن آنها بزرگ و گشـاد بودنـد و آنهـا درون آن لباسهـا بسـیار
کوچک و حقیر و درعینحال خندهدار بهنظر میرسیدند. بااینحال چـاره
نبود. با آن لباسهای بلند وگشاد برگشتند. بیرون که آمدند، هرکس آنهـا
را دید، حتی مسئول فنی کارخانه، خندهاش گرفت. آنها را به سالنی بردند
که تعداد زیادی کارگر در سنوسالهای متفاوت از کشورهای مختلف آنجا

مشغول خوردن صبحانه بودند. وارد که شدند، نگاه‌های متعجب و خنده‌ی دیگر کارگران شروع شد. سینی صبحانه را باید از میز مقابل آشپزخانه کـه کارکنان آشپزخانه آماده کـرده بودنـد، برمی‌داشتند. او و عنایـت بـا چنـد بچه‌ی دیگر که با محیط و رسم و روال کار آن‌جا ناآشنا بودند، هاج و واج و متحیر ایستاده بودند. یکی از کارگران که اهل افغانستان بـود و از خنـده و تمسخر دیگر کارگران ناراحت به‌نظر می‌رسید، آمد و پرسید: «شما را تـازه آورده‌اند؟»

گفت: «بله.»

ـ حتماً شما را خریده‌اند.

او جواب نداد و همان‌طور ایستاد. مرد افغانی گفت: «بیایید من به شـما یاد می‌دهم از این به بعد صبح و ظهر و شام سینی غذایتان را از میز مقابل آشپزخانه بردارید.»

دست او را گرفت و راه افتـاد. عنایـت و سـایر بچـه‌ها پشـت سـر او راه افتادند. کارگرانی که مشغول خـوردن صبحانه بودنـد، بعضـی‌ها همچنـان می‌خندیدنـد و بعضـی‌ها بی‌تفـاوت آن‌هـا را می‌نگریسـتند. انگـار مسـئله برایشان آشنا بود و شاید خودشان چنان دورانی را گذرانده بودند. در حین رفتن، مرد افغانی متوجه لنگی پای او شد و به پایش اشـاره کـرد و گفت: «تو را زده‌اند؟»

جواب داد: «نه، افتاده‌ام.»

ـ دارشان کومار مدیر هندی کارخانه، مرد مهربانی است. اگر پای تـو را ببیند، کار راحتی به تو می‌دهد. برو پیشش.

ـ چطوری؟

ـ به ساختمان مرکز، همان که پنجره‌های سفید دارد برو.

ـ چشم.

به مقابل آشپزخانه رسـیدند. روی دو طبقـه‌ی باریـک و دراز ردیـف سینی‌های صبحانه که نان و کَره و مربا با لیوانی چـای آمـاده بـود، چیـده بودند. مرد افغانی اشاره کرد و گفت: «هرکدام یک سینی بردارید و بـه آن

گوشه که قسمت کودکان و کارگران کم‌سن‌وسال است بروید.» بعد تأکید کرد که بعد از صرف صبحانه سینی را با بشقاب و غیره به همان‌جا که آن‌ها را برداشته‌اید برگردانید. تشکر کردند و هرکدام همان‌طور که مرد افغانی گفته بود، سینی صبحانه را برداشتند و رفتند. در محل کارگران کم‌سن‌وسال نشستند و مشغول خوردن صبحانه شدند. هنوز چند لقمه نخورده بودند که زنگ شروع کارِ کارخانه به صدا درآمد. با شنیدن صدای زنگ همه‌ی کارگران بلند شدند و هرکس با عجله سینی صبحانه‌اش را برداشت و برد روی میزی که از آن‌جا برداشته بود گذاشت. او و دیگر بچه‌ها که نگاه‌شان به کارگران دیگر بود، ناگزیر خوردن صبحانه را نصفه‌ونیمه رها کردند و بلند شدند. عنایت نمی‌خواست بلند شود چون چند لقمه بیشتر نخورده بود و خیلی گرسنه بود. با فشار دست او ناگزیر بلند شد. ناراحت بود و مرتب می‌گفت: «من گرسنه‌ام و بایـد صبحانه‌ام را می‌خوردم. باید صبحانه‌ام را می‌خوردم.»

با توجه به کندی حرکت کردن عنایت که به او وابسته شده بود، امین ناگزیر همراه او ماند و آخرین نفر بودند که از سالن غذاخوری خارج شدند. جمعیت کارگران هرکدام در گروه‌هایی به سمت یکی از سالن‌ها می‌رفتند. بعضی با وجود گرمای هوا قبل از رفتن به سالن کار عینک محافظ به چشم زده و کلاه به سر گذاشته بودند. با ورود کارگران و شروع به کار آن‌ها، دوباره بوی زننده و بد در فضای کارخانه پیچید. عنایت و او مانند بچه‌های دیگر به سرفه افتادند و دست بر دهان نهادند و ایستادند تا ببیند چه خواهند کرد و کجا باید بروند؟ وسط راه مرد هندی مسئول فنی کارخانه ایستاده بود. آن دو را که بلاتکلیف و حیران ایستاده بودند، با دست به طرف خود خواند. هنگامی که آن‌ها به طرف او راه افتادند، نگاهی دقیـق بـه قـد وقـواره‌ی آن‌هـا به‌خصـوص بـه لنگـان رفتـن او بـا پای باندپیچی‌شده و قیافه‌ی منگ و کله‌ی بزرگ و حرکات گیج و کند عنایت داشت. مقابلش که رسیدند، چوب‌دستی براق و زیبایش را بر شانه‌ی او که از عنایت بلندقـدتر بـود گذاشت و درحالی‌کـه چشـم بـه صـورت و نگاه

کودکانه‌ی آن‌ها دوخته بود، سری به تأسف تکان داد و درحالی‌که احساس می‌شد از سر ناچاری آن‌ها را به کار می‌گیرد، به گاری دستی فلزی تخت و کوتاهی اشاره کرد و به آن‌ها فهماند که باید با آن کار کنند. بعد رفت از یکی از کارگاه‌ها مرد جوان اهل افغانستان را صدا زد و با خـود آورد و از او خواست که گفته‌های او را بـرای آن‌هـا ترجمـه کنـد. جوان افغانسـتانی حرف‌های او را ترجمه کرد و گفت: «جناب آرون می‌فرمایند به‌خاطر سـن پایین و ناآشنا بودن‌تان با کارخانه و روال کار آن‌جا، شما باید با گاری کـار کنید. یارمحمد (جوان افغانی اشاره‌ای به خودش کرد و گفت یعنی من) به شما محل کار را نشان خواهم داد. باید از سالن آن کارگـاه پوسـت‌هایی را بردارید و به سالن کارگاه دیگر ببرید. تا زمانی که بـا این‌جـا خـوب آشـنا شوید، کار شما همین است. هر هفته به هرکـدام از شـما صـد ریـال مـزد پرداخت خواهد شد تا برای خودتان لباس و خوردنی و صـابون و مسـواک بخرید و به سینما و گردش بروید. حالا بروید شروع به کار بکنید. اگر کند حرکت کنید یا از زیر کار در بروید، تنبیه خواهید شد. بروید.»

جوان افغانی که با شنیدن عدد صد ریال قیافه‌اش در هم رفتـه بـود و سرش را به‌تأسف تکان می‌داد، از آن‌هـا خواسـت گـاری را هـل بدهنـد و پشت سر او بیایند و حین راه رفتن با تأسف و ترحم به آن‌ها نگاه می‌کـرد. انگار می‌دانست که آن‌ها را فروخته‌اند و او بعداً فهمید که صـد ریـال مـزد یک روز یک کارگر است. آن‌ها را چون خریده‌اند صاحب‌شان هستند و صد ریال در حقیقت مزد نیست، پول توجیبی‌ست از سر ترحم و احسان.

جوان افغانی جلوتر می‌رفت و بـا هـر قـدم کـه برمی‌داشـت، سـرش را برمی‌گرداند و نگران به آن‌ها اشاره می‌کرد که تندتر حرکـت کننـد. امـا او به‌خاطر درد پای ترک‌خورده و عنایت به‌خاطر چاقی و کندذهنی قـادر بـه حرکت تند نبودند. بااین‌حال به خود فشار می‌آوردند که تند قدم بردارنـد. جوان افغانی آن‌ها را در اولین سالن نزد کارگر میانسالی کـه او هـم افغانی بود برد. آن‌ها را معرفی کرد. در سالن کوهی از پوست گوسفند و بز و گـاو روی هم ریخته بودند. بوی بسـیار بـدی بـا بخـار آهـک و کـروم از آن‌ها

می‌آمد. کارگر میانسال افغانی با چند کارگر دیگر یک‌به‌یک پوست‌ها را برمی‌داشتند. با شانه‌های فلزی نوک‌تیز شانه می‌کردند و بعد درون حوضچه‌هایی که آب داغ و جوشانی به رنگ زرد درون‌شان بود و بوی تند مخلوط سود و زاج و آمونیاک که شبیه بوی تند و زننده‌ی ادرار بود از آن برمی‌خاست، فرو می‌کردند.

کارگر میانسال افغانی بعد از صحبت با جوان افغانی، عینک و ماسک جلوی دهانش را برداشت، نگاهی به آن‌ها کرد و گفت: «این‌ها که نمی‌توانند پوست‌ها را ببرند.»

ـ مجبورند.

ـ ببرند چطور پیاده کنند؟

ـ نمی‌دانم.

ـ دستکش هم ندارند.

ـ بله، هیچ‌چیزی ندارند.

ـ این‌ها را خریده‌اند؟

ـ بله.

ـ بگو مراقب باشند به حرف هرکسی گوش نکنند و با هر مردی حتی افغانی جایی نروند و مواظب باشند چون به خیلی‌ها تجاوز کرده‌اند.

ـ به روی چشم. می‌گویم.

ـ رفتی برایشان دستکش و ماسک بگیر.

ـ حتماً.

کارگر میانسال افغان نگاهی پر از تأسف و ترحم به آن دو انداخت. بعد ماسک و عینکش را زد و از او خواست که گاری را جلوتر ببرد. او گاری را نزدیک حوض برد. کارگر میانسال افغانی یک‌به‌یک پوست‌های خیس درون حوض را با کمک کارگر دیگری برداشت و روی گاری گذاشت. وقتی تعداد پوست‌ها به ده عدد رسید، اشاره کرد که آن را ببرند. کارگر دیگر سؤال کرد چرا این‌قدر کم؟ کارگر میانسال افغانی با اشاره‌ی دست گفت: «می‌بینی که نمی‌توانند.» جوان افغانی همراه آن دو راه افتاد و آن‌ها را

راهنمایی کرد که پوست‌ها را به سالن بعدی که حدود بیست قدم بالاتر بود، ببرند. به آن‌جا که رسیدند، کارگر آشنایی نبود. جوان افغانی با یکی از کارگرها صحبت کرد. بعد از صحبت به آن دو اشاره کرد و گفت باید پوست‌ها را ببرند و آن‌جا نزدیک آن حوض روی سکوی سیمانی خالی کنند. گفت: «به آن مرد گفتم که کمک کنند ولی حاضر نیستند.»

بعد خودش کمک کرد که گاری را به نزدیک سکو بردند. امین برای خالی کردن گاری دست برد و یکی از پوست‌ها را برداشت، اما خیس و داغ و سنگین بود. در اثر سنگینی پوست تعادلش را از دست داد و همراه با پوست خیس و داغ به زمین افتاد و قطرات آب داغ آغشته به سود و زاج به صورتش پاشید. جوان افغانی درحالی‌که سعی داشت هرچه زودتر او را بلند کند و از پوست خیس دور کند، داد زد: «چرا بدون دستکش به پوست دست زدی. بدو تا دستت تاول نزده آن‌جا در دستشویی دست و صورتت را تمیز بشوی.» و درحالی‌که محل دستشویی را نشان می‌داد و از خنده‌ی کارگران از افتادن او با پوست ناراحت بود، او را به طرف دستشویی هل داد و همراه او رفت تا دست و صورتش را تمیز بشوید. امین به دستشویی که رسید، دستش را زیر آب گرفت. دست و صورتش در اثر داغی و تأثیر مواد تاول زده بود و به‌شدت سوزش و درد داشت. کارگر کوتاه‌قدی که از افتادن او متأثر شده بود، پشت‌سر آن‌ها آمد پمادی را به او داد و اشاره کرد که به صورت و دست‌هایش بمالد. جوان افغانی پماد را گرفت، درش را باز کرد و به صورت و دست‌های او مالید و در حال مالیدن دشنام پشت سر دشنام به همه‌ی آن‌هایی می‌داد که این کودکان را خریده و بدبخت کرده بودند. سوزش دردآور صورت و دست‌هایش به‌حدی بود که بعد از بیرون آمدن از دستشویی برای لحظه‌ای صورتش را میان دست‌هایش گرفت و روی زانو نشست و از شدت درد خم شد. جوان افغانی که بالای سرش ایستاده بود، گفت: «بلند شو برویم بیرون.»

بازویش را گرفت، بلندش کرد، به بیرون برد و برگشت. چند نفر از کارگران سالن که از آن اتفاق متأثر شده بودند، آمدند و پوست‌ها را از گاری

پیاده کردند. جوان افغانی از عنایت خواست که گاری را هل بدهد و بیرون ببرد. بیرون آمدند. مقابل سالن شماره‌ی یک که رسیدند، جوان افغانی گفت: «همین‌جا بایستید. می‌روم برایتان دستکش و ماسک بگیرم.»

به ساختمانی که قسمت اداری کارخانه بود رفت. کمی بعد با یک جفت دستکش برگشت و گفت: «ماسک نداشتند. فقط یک جفت دستش توانستم بگیرم. بگیرید هرکدام‌تان که به پوست‌های خیس دست می‌زنید به دست کنید. بروید به کارتان برسید. اگر تأخیر کنید، شما را تنبیه می‌کنند. اسم من یارمحمد است. از ولایت نوردوز هستم. در قسمت آماده‌سازی پوست‌ها در سالن مبدأ هستم. هروقت کاری داشتید خبرم کنید.»

درحالی‌که به طرف سالن راه می‌افتاد، به آن دو اشاره کرد که راه بیفتند. دستکش‌ها برای دست‌های کوچک آن‌ها بسیار بزرگ بودند، اما چاره‌ای نبود. لنگه‌ی دست راست را به عنایت داد و لنگه‌ی دیگر را برای دست چپ آسیب‌دیده و تاول‌زده‌اش نگه داشت و بعد از بستن تاول‌های دستش با دستمال سفیدی که ثریا داده بود، آن را دست کرد. عنایت که به دست و صورت او و بستن دستش نگاه می‌کرد، لنگه‌ی دیگر دستکش را پس داد و گفت: «بیا امین، بیا بگیر نگذار این دست دیگرت تاول بزند.»

دستکش را گرفت و دستش کرد و راه افتادند. با همه‌ی ناراحتی پوست‌ها را با کمک کارگران که دل‌شان برای آن‌ها سوخته بود، روی گاری می‌گذاشتند و در سالن دیگر روی سکو خالی می‌کردند. حمل پوست‌ها اگرچه کار ابتدایی و ساده‌ای بود ولی برای آن‌ها در آن سن‌وسال سخت بود.

با گذشت روزها بار کردن و حمل و پیاده کردن پوست‌ها سخت‌تر و سخت‌تر می‌شد، به‌خصوص که با ورود حجم بیشتر پوست، به حجم کار افزوده شده بود. کارگران دیگر کمتر فرصت می‌کردند که به آن‌ها کمک کنند. عنایت ناتوان بود و او ناگزیر بود انجام بیشتر کار را به عهده بگیرد. در بعضی از روزها حجم پوست‌ها آن‌قدر زیاد می‌شد که آن دو ناگزیر

می‌شدند مدت زیادی کنار دیگ‌ها و خوضچه‌های داغ و جوشان مواد شیمیایی بایستند و با زحمت با کمک هم پوست‌ها را بردارند و روی گاری بگذارند و هل داده به سالن دیگر ببرند و باز با کمک هم روی سکو پیاده کنند. هر بار بخار برخاسته از حوضچه‌های جوشان و پوست‌های خیس و داغ به صورت و چشم آن‌ها می‌خورد. آن‌ها عینک و ماسک محافظ نداشتند. دچار سوزش پوست صورت و چشم‌ها و سینه می‌شدند. دست‌هایشان می‌سوخت، سینه‌شان درد می‌گرفت و از درد گاهی ناله می‌کردند. شب که برمی‌گشتند، بعد از شستشوی دست و صورت و مالیدن پمادی که در کارخانه داده بودند، توان حرکت نداشتند. هر دو از خستگی وا می‌رفتند. روی تختخواب فلزی نه‌چندان راحت می‌افتادند. چشمان سرخ‌شده‌شان از تأثیر بخار حوضچه‌ها را می‌بستند، اما خواب به چشم‌شان نمی‌آمد. درد دست‌ها و زانو و خستگی تا ساعتی خواب را از چشم آن‌ها می‌گرفت. خواب هم که می‌آمد، از شدت درد و خستگی بی‌هوش می‌شدند. هیچ راه نجاتی نبود. نه توان داشتند و نه جایی را می‌شناختند و نه کسی را داشتند که از آن‌ها حمایت کند. کم‌کم می‌فهمیدند که فروخته‌شده یعنی هیچ‌شده، برده‌ای برای کار تا لحظه‌ی مرگ. آن‌ها را برای کار خریده بودند و هر بار که کمی کند کار می‌کردند و یا از درد می‌ایستادند، یکی از سرکارگران سراغشان می‌آمد و نهیب می‌زد و می‌خواست که حرکت کنند.

روزها همین‌طور به دشواری می‌گذشت. دیگر به سوزش دست و چشم و صورت‌شان عادت کرده بودند. در آینه که می‌نگریستند، چهره‌ی خود را با آن پوست سرخ تاول‌زده و ورم‌کرده نمی‌شناختند، اما با گذشت روزها و ماه‌ها درد سینه‌شان با سرفه‌های شدید گاه خونین به دیگر دردهایشان اضافه شده بود و هر روز شدت می‌گرفت. هرگاه به کنار حوضچه‌ها می‌رفتند، از تأثیر بخار آمونیاک، سود و اسیدهای حلال چربی و دیگر مواد شیمیایی، چنان دچار سرفه می‌شدند که توان کار کردن را از دست می‌دادند. یک روز نزدیک ظهر که مشغول برداشتن و بار کرد پوست‌های داغ و خیس برآمده از حوضچه بودند، عنایت دچار سرفه‌های شدید شد و

خون بالا آورد و از حال رفت. کارگران دویدند او را برداشتند و بیرون بردند و در سالن تعویض لباس‌ها روی نیمکتی خواباندند. کومار، مـدیر هنـدی کارخانه بود. آمد کمی کنار او که سرفه می‌کرد و عنایت که بی‌هـوش بـود ایستاد و دستی به سر عنایت کشید. چیزی گفت که نفهمید. رفت. کمی بعد یارمحمد جوان افغانی آمد و گفت: «آقای کومار می‌گوید نمی‌تواند شما را به بیمارستان یا درمانگاه بفرستد، چون شما نه کارت شناسایی داریـد و نه پاسپورت و نه کس‌وکار و خانواده‌ای، اما با یک پزشک صحبت کرده که می‌آید شما را این‌جا می‌بیند، معاینه می‌کند و دارو می‌دهد.»

بعدازظهر همان روز یک دکتر هندی که آشنا و دوست کومار بـود، با یک پرستار آمد. آن‌ها را معاینه کرد و به صدای تنفس آن‌ها گوش کرد. هردوی آن‌ها را خواباند و با کمک پرستار سرم وصـل کـرد و چنـد آمپـول تزریق کرد و چند کپسول و پماد برای ورم و تاول پوست آن‌ها داد. ساعتی بعد سرم و آمپول‌ها تأثیر خود را گذاشتند. عنایـت بـه‌هوش آمـد و او هـم حالش خوب شد و از شدت سرفه‌هایشان کـم شـد. دکتـر هنـدی بعـد از صحبت طولانی با کومار به آن دو اشاره کرد و خواست که بیشتر استراحت کنند. فردای آن روز عنایت حالش وخیم شد. نتوانسـت از تختخـواب بلنـد شود. او کنارش نشست. رنگ رخسار عنایت سفید شده بـود و بـه‌سختی نفس می‌کشید. باید از او پرستاری و مراقبت می‌کرد، اما چطور؟ نه چیـزی داشت و نه چیزی می‌دانست؟ بلند شد، بیرون آمد و بـه سالن غـذاخوری رفت. کارگران برای خوردن صبحانه نشسته بودند. در گوشه‌ای یارمحمـد را پیدا کرد. رفت و خرابی حال عنایت را گفت. یارمحمد کـه تازه شـروع بـه خوردن صبحانه کرده بود، سینی‌اش را به دوستش که بـا او سـر یـک میـز نشسته بود سپرد و بلند شد و گفت: «بیا بـرویم.» بیـرون آمدنـد بـه دفتـر کومار رفتند. هنوز نیامده بود. موضوع را به مسئول فنی گفتند. سرش را با بی‌تفاوتی تکان داد و شانه بالا انداخت و گفت باید کومار بیاید.

یارمحمد با او به خوابگاه آمد. عنایت بی‌حال روی تخـت افتـاده بـود و به‌سختی نفس می‌کشید یارمحمد بلندش کرد و به او امین گفت برو لیوانی

آب بیاور. او دوید و لیوان را از دستشویی پر آب کرد و آورد. یارمحمد دو قرص از داروهایی که دکتر هندی داده بود به عنایت داد و کمک کرد با نوشیدن آب قورت دهد. بعد عنایت را خواباند و گفت: «بیا برویم تو هم صبحانت را بخور و برای او هم صبحانه بگیر بیاور. باید آقای کومار بیاید تا ببینیم چه می‌شود کرد.» اگرچه هیچ‌کاری نخواهند کرد.

عنایت را خواباندند و به سالن غذاخوری برگشتند. او اجازه گرفت و با کمک یارمحمد و مرد افغانی که روز اول به آن‌ها کمک کرده بـود، سـینی صبحانه‌ی خود و عنایت را به خوابگاه برد و چند لقمه برای توان گرفتن به عنایت خوراند. عنایت بعد از خوردن و نوشیدن چـای و تـأثیر داروهـا بـه خواب رفت و او برگشت و منتظر شد. آقای کومار که آمد، بعد از اطـلاع از وضع عنایت گفت که بهتر است استراحت کند و نگاهی به او کرد و گفت: «برو در سالن انتهایی در بسته‌بندی پوست‌ها و حمل آن‌ها کمک کن.»

سالن آخر در انتهـای کارخانـه و محـل نهـایی تولیـد بـود. جـایی کـه پوست‌ها بعد از چرم‌گیری و دباغی و پخـت در دیگ‌هـای بخـار و مـواد و شستشو و خشک شدن به آنجا می‌آمد. هر پوست نسبت به سابق، سـبک و نرم شده بود و حمـل آن‌هـا راحـت بـود. در آن سـالن اکثر کـارگران و کارکنان هندی بودند. از وضع آن‌ها در آن دو روز بـاخبر شـده بودنـد و بـا مهربانی با او برخورد کردند. مسـئول فنـی آن سـالن او را نـزد یـک خـانم هندی به نام آشیما بهادرورتی فرستاد که کار بسته‌بندی را انجـام مـی‌داد. خانم کار سبک آوردن کارتون‌های خالی از قسمت انبار سالن را به او سپرد که در روز چند نوبت بیشتر انجام نمی‌شد و او بیشـتر وقت‌هـا کنـار خـانم هندی می‌نشست و به نحوه‌ی بسـته‌بندی پوسـت‌ها و قـرار دادن آن‌هـا در کارتون‌ها نگاه می‌کرد. خانم هندی هرچند وقت چیزی به او می‌گفت و یا از او می‌خواست به انبار برود و  چند کارتون اضافی برای بسته‌بندی بیاورد.

در روزهای نخست متوجه صحبت‌های او نبود. به‌تدریج با اشاره‌ی او و انجام کاری که خواسته بود، معنـی کلمـه و جملـه‌ای را کـه بـه انگلیسـی می‌گفت یاد گرفته بود و تا می‌شنید که برود کارتون بیارد، به انبار می‌رفت

تعدادی کارتون بزرگ به‌نوبت برمی‌داشت و می‌آورد و کنار دست خانم آشیما بهادروتی می‌گذاشت. بعد کمک می‌کرد که پوست‌های همسان و از یک نوع و جنس را جدا کرده و در یک کیسه‌ی بزرگ پلاستکی بگذارند و بعد از بستن سر کیسه‌ها، آن‌ها را داخل کارتونی قرار دهند. وقتی کارتون پر می‌شد، کارگر دیگری که مرد هندی قوی‌هیکلی به‌نام آمالش بود برمی‌داشت و با گاری به انباری می‌برد که از آن‌جا به بازار صادر می‌شد. از کارش در آن‌جا بسیار راضی بود چون کارگران آن سالن با او بسیار مهربان بودند و رعایت سن و توان کاری او را می‌کردند.

کم‌کم با گذشت روزها حالش رو به بهبود گذاشت، اما حال عنایت هر روز وخیم‌تر می‌شد. بعد از گذشت دو هفته حالش به‌شدت وخیم شد. مراجعه و درخواست‌های او از کومار بی‌فایده بود. تنها کمکی که کرد این بود که یک بار دیگر پزشک هندی را بالای سر عنایت آورد. اما پزشک هندی بعد از معاینه سرش را با تأسف و ناامیدی تکان داد و چیزی گفت که او معنی آن را نفهمید، اما احساس کرد که دکتر امیدوار نیست. چند قرص داد و خواست که عنایت هر شش ساعت بخورد و امید به خدا داشته باشد. روز جمعه عصر که کارخانه تعطیل بود و همه مشغول استراحت و تفریح بودند، حال عنایت بدتر شد. سرفه‌های خونین توانش را برید. او نمی‌دانست چطور می‌تواند به عنایت کمک کند. بیرون رفت، اما کسی در محوطه‌ی کارخانه نبود. چند پسربچه که مثل او بودند، به درخواست و گریه‌های او با ترحم نگریستند و درحالی‌که با هم مشغول بازی و تفریح بودند، مات و متأسف نگاهش کردند و شانه بالا انداختند. ناگزیر برگشت کنار عنایت نشست و به هر زحمتی که بود قرص‌هایش را با لیوانی آب به او خوراند و خون کنار لبش را پاک کرد. تا نیمه‌های شب حال عنایت همچنان بد و بدتر شد و او کنار تخت او نشسته بود و می‌گریست. نیمه‌های شب که با کمک او چند جرعه آب خورد و توانست نفس عمیقی بکشد، با حال نزار که انگار فهمیده بود می‌میرد، دست او را گرفت و به‌زحمت بریده‌بریده به او گفت: «امین از این‌جا برویم.»

بعد از گفتن حرفش به سرفه افتاد. سرفه‌های خونین و عمیق که انگار از عمق وجود او می‌آمدند و تمام وجود و خون تن او را خالی می‌کردند. بعد از چند لحظه که سرفه‌هایش آرام گرفت، گفت: «می‌ترسم.»

و نگاه ترس‌گرفته‌ی رنجورش را به چهره‌ی او دوخت. نگاهی که او بعد از سال‌ها نتوانسته بود فراموش کند و هنوز هم رنجش می‌داد. عنایت بعد از گفتن جمله‌ی آخرش چند نفس عمیق کشید، سرفه‌ای کرد و خون از دهانش بیرون ریخت و دیگر نه حرف زد و نه سرفه کرد. ساکت و خاموش ماند. هرچه او صدایش کرد، پاسخ نداد و دیگر سرفه هم نکرد. نمی‌دانست عنایت چه شده. در آن نیمه‌شب کجا، نزد چه کسی برود؟ همه خواب بودند و درها بسته بود. گوشه‌ی تخت بالای سر عنایت نشست و گریست و نفهمید کی خوابش برد.

صبح روز بعد که از خواب بلند شد، هنوز گیج بود. نگاهش به چهره‌ی بی‌رنگ، دهان باز و چشمان بی‌سوی عنایت افتاد. باز گریه‌اش گرفت. دست بر شانه‌اش گذاشت و تکانش داد و صدایش کرد اما عنایت جواب نداد. نمی‌دانست چه باید بکند؟ بلندشد و بیرون رفت. مسئول ساختمان خوابگاه آن‌جا نبود. به فکرش رسید یارمحمد را خبر کند. نزد یارمحمد رفت و حال بد عنایت را گفت. یارمحمد وقتی حرف‌های او را شنید، خیلی ناراحت شد. به او گفت تو برو من الان می‌آیم. رفت مسئول خوابگاه را پیدا کرد و با او آمد. بعد از نگاه کردن به چهره‌ی سفید و چشمان بی‌سوی عنایت، گفتند مرده و او فهمید که عنایت همان نیمه‌شب بعد از گفتن حرف‌هایش مرده. آن‌ها گفتند باید آقای کومار بیاید و تصمیم بگیرد که چه خواهند کرد.

آن روز آقای کومار کمی دیر آمد. وقتی مسئول خوابگاه و یارمحمد موضوع را گفتند، کمی تأمل کرد و با تأسف سر تکاند. چیزهایی به آن‌ها گفت و برگشت و رفت. ساعتی بعد اتومبیل وانت‌بار اتاقک‌داری آمد. چند نفر از کارگران که اکثراً افغانی و هندی بودند، جمع شده بودند. خانم آشیما بهادرورتی که او زیر دستش کار می‌کرد، برای همدردی آمده بود و

در جملاتی کوتاه تأسفش را ابراز کرد. تن بی‌جان عنایت را که درون جعبه‌ی چوبی تابوت مانندی گذاشته بودند، آوردند و پشت وانت گذاشتند. کارگران و کارکنانی که برای همدردی آمده بودند، هنگام حمل و گذاشتن تابوت عنایت پشت وانت هرکدام به زبان و دین خود دعایی خواندند و رحمت فرستادند. اکثر کسانی که کلاه داشتند کلاه‌شان را برداشته بودند. آمدن و حضور آن‌ها در بدرقه‌ی عنایت، همدردی‌شان را نشان می‌داد. کومار اشاره کرد که او را ببرند. امین دوید و خواست که سوار وانت شود، ولی نگذاشتند. لبه‌ی پشت وانت را گرفت و گریست. کومار که گریه‌های او را دید، به یارمحمد گفت که به او بگوید نمی‌توانند عنایت را در گورستان رسمی دفن کنند. او را می‌برند در یک جای دور میان دشت دفن کنند.

امین به یارمحمد گفت: «به آقای کومار بگو او تنها کس و دوست من بود. من باید همراهش بروم. بگو اجازه بدهند همراهش بروم.»

کومار به راننده و مردی که همراه راننده بود گفت او را هم سوار کنند. پشت وانت کنار تابوت عنایت نشست. وانت حرکت کرد و از کارخانه خارج شد. او بعد از ماه‌ها اولین بار در روز روشن خانه‌ها و خیابان‌های حومه‌ی یک شهر را دید. وانت وارد شهر شد. از خیابان‌ها گذشت و به طرف دشت و کوهستانی که از دور دیده می‌شد، رفت. ظهر آفتاب به نیمه رسیده بود که در پایین تپه‌ای وارد زمینی شدند که دورش دیواری کوتاه بود با چند درخت. وانت را نگه داشتند. راننده با آن مرد پیاده شدند و بیل و کلنگ برداشتند و به او اشاره کردند که پیاده شود. نزدیک جایی که پای تپه بود، شروع به کندن کردند. او نگاه کرد و دید که در همان نزدیکی انگار گورهای دیگری هست. کسانی را در گذشته آن‌جا دفن کرده بودند اما گورها نه سنگ داشتند و نه نشان؛ تل برآمده‌ی مختصری از خاک، روی هرکدام‌شان نشان می‌داد که گور هستند یا چیزی را آن‌جا دفن کرده‌اند. بعد از کندن قبر، عنایت را از درون تابوت برداشتند و با همان لباس و وضع میان قبر قرار دادند.

وقتی برای آخرین بار به چهره‌ی بی‌رنگ عنایت نگاه کـرد، سرنوشـت خودش را دید. تنش لرزید و آخرین حرف‌های عنایت در خـاطرش تکـرار شد. امین از این‌جا برویم.

اکنون عنایت دیگر به جایی که باید می‌رفت، رسیده بـود امـا او هنـوز راهش ادامه داشت. مردی که همراه آن‌ها آمده بـود و روی عنایـت خـاک می‌ریخت، عجله داشت که زودتر کارش را تمام کنـد. انگـار هیچ‌چیـزی را آن‌جا دفن نکرده بود و برایش مهم نبود که یک انسان دفن می‌شود، یـک زندگی تمام می‌شود. پرسید: «برادرت بود؟»

ـ نه.

ـ دوستت بود؟

ـ بله.

ـ اسمش چه بود؟

گفت: «عنایت.»

ـ چی؟

ـ هیچی!

مرد با تعجب نگاهش کرد و او تکرار کرد: «هیچی.»

‫۹‬

آن روز تا عصر تو خودش نبود. هر بار به اتاق‌شان در خوابگاه رفته بود، تختِ خالی و مرگ دردناک عنایت ناراحتش کرده بود. تا عصر غمگین و سرگردان در محیط کارخانه ول می‌گشت. خسته که می‌شد، می‌آمد روی نیمکت کنار جدول باغچه‌ی گل‌ها می‌نشست و در خود فرو می‌رفت. همه متوجه وضع و حال او شده بودند و رعایتش را می‌کردند. نزدیک عصر و وقت تعطیل کار روی نیمکت کنار جدول گل‌ها نشسته بود که خانم آشیما بهادرودتی همراه با آمالش مرد قوی‌هیکلی که کارتون‌های پر از پوست را می‌برد، آمدند کنار او نشستند. چند جمله‌ای گفتند که او معنی آن‌ها را نفهمید، اما حسش کرد. فهمید که او را دلداری می‌دهند. خانم آشیما دستی به سرش کشید و برای دلداری صورتش را بوسید و آمالش برای تسلی و همدلی دست بر شانه‌اش گذاشت و آرام فشرد. هر دو اشاره کردند که راحت باشد و دیگر فکر نکند. نمی‌توانست همچنان آن‌جا بنشیند. به اتاقش هم نمی‌خواست برود. بلند شد و قدم‌زنان به طرف محوطه‌ی نزدیک ساختمان خوابگاه رفت. به آینده‌اش فکر می‌کرد. مدام حرف عنایت را که در آخرین لحظه به او گفته بود، زیر لب تکرار می‌کرد: «امین از این‌جا برویم.»

و او می‌خواست برود اما کجا؟ کجا می‌توانست برود؟ جایی نداشت. فکر

کرد در آن چند ماه به‌قدر کافی پول جمع کرده. پول پس‌اندازشده‌ی عنایت هم نزد او بود. با آن‌ها چه باید می‌کرد؟ ای‌کاش کسان عنایت، مادر و پدرش را می‌شناخت، آن‌ها را پیدا می‌کرد و پول عنایت را به آن‌ها می‌داد. اما عنایت به یادش نبود که اهل کجاست و مادر و پدرش کی هستند. اکنون تنها کس و وارث عنایت او بود. با همین فکرها و قدم زدن در محوطه‌ی کارخانه روز را سپری کرد. عصر بعد از تعطیلی کارخانه، یارمحمد به دیدنش آمد و از او خواست کنارش در نیمکت مقابل باغچه‌ی گل‌های محوطه‌ی ورودی کارخانه که رو به درختان بلند و محیط سبز و پر از گل بود، بنشیند. کنار یارمحمد نشست.

یارمحمد گفت: «امین، من خیلی متأسفم. می‌دانم خیلی ناراحتی. خداوند عنایت را رحمت کند. طفلی عمری نکرد. اما چه می‌شود کرد؟ هرکس سرنوشتی دارد. سرنوشت او هم همین بود. من غم و ناراحتی تو را درک می‌کنم. چون خودم هم وقتی به سن تو بودم فوت دوست و هم‌اتاقی‌ام را دیده‌ام.»

او با همه‌ی غم و ناراحتی، متعجب چشم به صورت یارمحمد دوخت. یارمحمد تبسم تلخی کرد و گفت: «می‌دانم تعجب کرده‌ای و می‌دانم تعجبت برای چیست؟ نمی‌توانی باور کنی که دوست من در همان اتاق که تو و عنایت بودید، فوت کرده. درست همان‌جا که عنایت می‌خوابید. او را خارج از شهر در مزرعه‌ای که مال کارخانه است، پای یک تپه کنار چند گور دیگر دفن کردند. فکر می‌کنم همان‌جایی است که امروز عنایت را دفن کرده‌اند. درست است؟»

او با تکان دادن سر تأیید کرد.

ـ امروز صبح که خبر فوت عنایت را آوردی، من یاد دوست و هم‌اتاقی‌ام «آرام» افتادم. طفلک آرام هم مثل عنایت ضعیف بود، اما از عنایت بیشتر زجر کشیده بود. حالا که به زندگی او فکر می‌کنم، می‌بینم طفلکی مثل عنایت در زندگی کوتاهش اصلاً روز خوش ندید. شاید هم مردن برای او و عنایت یک نعمت بوده تا از تمام دردها و سرنوشت بدی

که داشتند، خلاص شوند.

یارمحمد سکوت کرد و از ناراحتی سرش را بالا برد، نگاهش را به آسمان دوخت و نفس عمیقی کشید. بعد از لحظاتی که به سکوت گذشت، شروع به تعریف کرد:

ـ آرام ده سالش بود که او را به این‌جا آوردند. از من دو یا سه سال کوچک‌تر بود. او ارمنی بود. یک تاجر اهل ترکیه که اسمش ابراهیم بود، او را به این‌جا آورده و به این کارخانه فروخته بود. من بعد از فوت پدرم تازه در این‌جا شروع به کار کرده بودم که آرام را آوردند. پدر من کارگر باسابقه‌ی این کارخانه بود. من خیلی کوچک بودم که پدرم بیمار شد و فوت کرد. یعنی چندین روز خون بالا آورد و بعد مرد؛ همان‌طور که آرام و عنایت خون بالا آوردند و مردند. خانه‌ی ما خارج از شهر است. بعد از فوت پدرم بی‌کس و فقیر مانده بودیم. یک روز با مادرم برای گرفتن وسایل و مقدار حقوق مانده‌ی پدرم به این‌جا نزد آقای کومار آمدیم. آقای کومار که آن زمان با رفتن مدیر قبلی مدیر کارخانه شده بود، از وضع و گذران زندگی ما بعد از فوت پدرم پرسید. مادرم گفت که بی‌کس مانده‌ایم و بی‌چیز و فقیر هستیم و نمی‌دانیم چه باید بکنیم و از آقای کومار تقاضای کمک کرد. آقای کومار مرد خوش‌قلب و مهربانی است. در برابر درخواست مادرم گفت: «با این‌که پسرت هنوز کوچک است، اما اگر مایل هستی، پسرت می‌تواند به‌جای پدرش این‌جا کار کند. با همان حقوق.» مادرم خیلی خوشحال شد و من از آن روز در این‌جا مشغول کار شدم. آن روزها به مدرسه می‌رفتم اما با آمدن برای کار در کارخانه دیگر نتوانستم به درسم ادامه بدهم. خانه‌ی ما همان‌طور که گفتم، خارج از شهر در محله‌ای فقیرنشین بود. هر روز صبح آمدن به سر کار و عصر برگشتن به خانه برایم خیلی سخت بود. آقای کومار خواست که این‌جا در خوابگاه، در خوابگاه کودکان بی‌کس که خریداری شده بودند، بمانم و آخر هفته هنگام تعطیلی کارخانه به خانه‌مان برگردم. همان اتاق شما را به من دادند، اما نمی‌توانستم کار پدرم را که انداختن پوست‌ها در محلول آب و سود داغ و

غیره بود انجام دهم. به من همان شغلی را دادند که به شما داده بودند، یعنی بردن پوست‌ها با گاری. در همان روزها بود که آرام را آوردند و چون در خوابگاه جا نبود، کنار تخت من تختی گذاشتند و آرام هم‌اتاقی من شد. بچه‌ای لاغر با قدی کوتاه بود. توان کمی داشت. سینه و بازویش شکسته و چند جای بدنش کبود و آسیب‌دیده بود. از شکستگی و آسیب‌دیدگی به‌قدری بدنش درد داشت که شب‌ها از درد و خواب‌های بد و کابوس‌هایی که می‌دید، خوابش نمی‌برد. گاهی میان خواب ناله‌های بلند و دردناک می‌کرد. به او تجاوز کرده، او را کتک زده و شکنجه کرده بودند. من که ناراحتی او را می‌دیدم، خودم هم وحشت می‌کردم اما دلم به حالش می‌سوخت. چند روز اول نمی‌خواستم پیش من بماند و هم‌اتاق من باشد، اما کجا می‌توانست برود؟ وقتی آقای کومار با من صحبت کرد و از سرنوشت بد او که شنیده بود گفت، دلم به حالش سوخت. قبول کردم و او هم‌اتاق و همکار من در برداشتن و گذاشتن پوست‌ها روی گاری و بردن و تخلیه کردن در سکوی سالن دیگر شد؛ همان کاری که تو و عنایت می‌کردید. با گذشت روزها با هم دوست شدیم. من در خیلی کارها کمکش می‌کردم و آخر هفته که به خانه‌مان می‌رفتم برای این‌که تنها نماند، او را هم همراه خودم می‌بردم. با این‌که فقیر و تهیدست بودیم، مادرم با همان حقوق ناچیز من زندگی خود و خواهر و برادرانم را با قناعت اداره می‌کرد، اما وقتی سرگذشت آرام را شنید و از بی‌کسی و درماندگی و زجرهایی که کشیده بود باخبر شد، اصرار کرد که هر هفته که به خانه‌مان برمی‌گردم او را هم همراه خودم ببرم. مادرم با قناعتی که در طول هفته می‌کرد در آن دو روز آخر هفته که من همراه با آرام به خانه‌مان می‌رفتیم، بهترین و مفصل‌ترین غذا را می‌پخت. من این را از خواهر و برادرم می‌شنیدم که وقتی به خانه برمی‌گشتم شاد می‌شدند. یک روز خواهرم گفت ای‌کاش تو بقیه‌ی روزها هم در خانه بودی و مادرمان غذای خوب و کافی درست می‌کرد. روزها همین‌طور می‌گذشت. آرام از دوست و همکار و هم‌اتاق بودن با من خوشحال بود. به‌خصوص از این‌که آخر هر هفته تنها نمی‌ماند و با

من به خانه‌ی کوچک‌مان در آن محله‌ی فقیرنشین می‌آمد، احساس کـرده بود که در دنیا کس و دوستانی پیدا کرده بود. در حقیقت آن روزهـا بـا وجود سختی کار بهترین روزهای عمر آرام بود. گفـتم کـار مـا همـان کـار تـو و عنایت بود. پوست‌های داغ و پخته و شانه‌شده در آب داغ و محلول سـود را برمی‌داشتیم، بـار گـاری می‌کـردیم بـه سـالن دیگـر می‌بـردیم و خـالی می‌کردیم. بخار برخاسته از پوست‌ها، بوی زننده‌ی سود و اسید و آمونیـاک و چیزهای دیگر سینه‌هایمان را به درد می‌آورد. دست‌هایمان می‌سـوخت، تاول می‌زد اما چاره نبود. باید کار می‌کـردیم. یـک روز عصـر کـه تـازه از خانه‌ی ما برگشته بودیم، من از آرزویم به او گفـتم. آرزوی پولـدار شـدن و خریدن خانه‌ی خوب و مناسب برای مادر و خواهر و برادرم و این‌که بتـوانم به مدرسه برگردم و درسم را ادامه بدهم. او بـا شـوق بـه صحبت‌های مـن گوش کرد. وقتی از او پرسیدم، آرزوی تو چیست؟ گفت آرزویی ندارد.

پرسیدم: نمی‌خواهی نزد خانواده‌ات پیش مادرت و پدرت برگردی؟

گفت: من مادر و پدر ندارم. آن‌ها را هرگز ندیده‌ام و نمی‌دانم چه شکلی بوده‌اند.

گفتم: پس کی تو را بزرگ کرده؟

سرش را پایین انداخت. کمی سکوت کرد. وقتی سـرش را بلنـد کـرد، چشمانش پر اشک بود. شروع به تعریف سرگذشتش کـرد.. آنچـه را کـه از گذشته و خانواده‌اش می‌دانست، از حوادثی که بـه سـرش آمـده بـود و بـه خاطر داشت، گفت.

او گفت: «من ارمنی و مسیحی هستم امـا نمـی‌دانم ارمنـی و مسـیحی چیست؟ ارمنی و مسیحی بودن را از مادربزرگم شنیده‌ام. من مادر و پـدرم را ندیده‌ام. کوچک بودم، خیلی کوچک کـه آن‌هـا مردنـد. مـادربزرگم مـرا بزرگ کرد. او زنی عبوس و لاغر و خیلی بداخلاق بود. با هر کـار و چیـزی عصبانی می‌شـد و نفـرینم می‌کـرد و آرزو می‌کـرد کـه ای‌کـاش مـن هـم می‌مردم. من مسیحی ارمنی بودن را زمانی فهمیدم که مادربزرگم یک روز مرا به قبرستان بالای تپه‌ی دهی که آن‌جا زندگی می‌کردیم، برد. دو قبر را

نشانم داد و گفت این‌ها قبر مادر و پدرت هستند. روی سنگ قبرها علامت صلیب بود. به مادربزرگم نشان دادم. مادربزرگم روی سینه‌اش علامتی کشید؛ همان علامتی که با حرکت دست هنگام رفتن به کلیسا مقابل مجسمه و عکس زنی با سرِ پوشیده و بچه‌ای کوچک در بغلش می‌کشید. گفت: آن علامت صلیب است نفرین‌شده. بارها به تو گفته‌ام، ما ارمنی و مسیحی هستیم. عیسی مسیح را روی تیر چوبی به این شکل به صلیب کشیده‌اند. پدربزرگ و اجداد تو ارمنی و مسیحی بودند. در جنگ با ترک‌ها کشته شده‌اند. باید خوب به خاطر داشته باشی و همیشه بدانی ما ارمنی و مسیحی هستیم. او مرتب تکرار می‌کرد و من نگاهش می‌کردم و معنی کلماتی را که می‌گفت نمی‌فهمیدم و چیزی نمی‌گفتم.

ما در یک ده کوچک خیلی دور از شهر اورفای ترکیه زندگی می‌کردیم. خانه‌ی ما کلبه‌ی بسیار کوچکی بود کنار طویله‌ای که یک گاو یک بز و دو گوسفند و چند مرغ و خروسی در آن داشتیم. اگرچه روستایی و فقیر بودیم، اما آزاد و راحت بودیم. در کلبه‌ی کوچکی با وسایلی که مادربزرگم از گذشته داشت زندگی می‌کردیم. تابستان‌ها خیلی خوب بود. همه‌جا سبز و هوا گرم بود. می‌شد با گاو و گوسفندها به کوه و مزرعه رفت، بازی کرد، سبزی و میوه چید اما زمستان که می‌رسید، مصیبت بود آوردن علف خشک از پشت‌بام طویله برای گاو و بز و گوسفندها، ریختن دانه برای مرغ و خروس‌ها، دوشیدن شیر گاو و بز وگوسفند و جمع کردن تخم‌مرغ‌ها برای فروش. خیلی سخت بود. مادربزرگم با فروختن قسمت زیادی از آن‌ها، آرد و قند و چای و خوردنی‌های دیگر می‌خرید. روزهایی که برف می‌آمد و همه‌جا را می‌پوشاند، کار علوفه دادن به گاو و گوسفندها و دانه ریختن برای مرغ و خروس‌ها و دوشیدن گاو برای مادربزرگم سخت‌تر و ناله‌های او بلند و بلندتر می‌شد. می‌گفت خدایا چرا ما زنده‌ایم؟ ای‌کاش ما هم می‌مردیم. و من نمی‌دانستم چرا ناله می‌کند و معنی ناله‌هایش را نمی‌فهمیدم. تا این‌که یک روز صبح که زمستان تمام شده بود و بهار تازه آمده بود، از خواب که بیدار شدم، مادربزرگم را توی رختخواب ندیدم.

می‌دانستم برای دوشیدن شیر گاو و جمع کردن تخم‌مرغ‌ها و علف و دانه ریختن به طویله می‌رود. برخلاف روزهای قبل، صدای غر زدن‌هایش نمی‌آمد. بلند شدم، کفش‌هایم را پوشیدم و بیرون رفتم. دیدم مادربزرگم مقابلِ درِ طویله افتاده. رنگش سفید و چشمانش باز بود. هرچه صدایش کردم جواب نداد. ترسیدم. گریه‌کنان به خانه‌ی دروهمسایه رفتم. همسایه‌مان خانواده‌ای کُرد بودند و با ما دوست و بسیار مهربان بودند. مرد همسایه از گریه‌ی من و این‌که می‌گفتم مادربزرگم افتاده و بلند نمی‌شود، تعجب کرد. همسایه‌ی دیگر را که مسیحی بود صدا زد. آمدند، نگاهش کردند و گفتند مرده. عصر آن روز اهالی ده جمع شدند. مادربزرگم را بردند در قبرستان دفن کردند. همسایه‌ی مسیحی از من خواست که نزد آن‌ها باشم و با کمک همسایه‌ی دیگر، یعنی همان خانواده‌ی کُرد، به خانه و گاو و بز و گوسفندها و مرغ‌های ما می‌رسیدند. چند ماه گذشت. یک روز مرا با یک پسر کُرد که او هم مثل من یتیم بود و هیچ‌کس را نداشت، در قهوه‌خانه نزد کدخدا و دو مأموری که از شهر آمده بود بردند. آن دو مأمور چیزهایی پرسیدند که من نمی‌فهمیدم چه می‌گویند. بعد از رفتن آن‌ها، مرد همسایه‌ای که مرا نگه می‌داشت، به من گفت: "کدخدا فوت مادربزرگ و بی‌کس بودنت را به دولت گزارش کرده. دو مأمور برای رسیدگی به وضعت تو و صلاح‌الدین، پسر کُردی که مثل تو یتیم و بی‌کس است، آمده بودند." چند هفته بعد آن دو مأمور آمدند و م و صلاح‌الدین را سوار ماشین کردند و بردند. هنگام بردنم، زن و مرد همسایه‌ای که نزد آن‌ها می‌ماندم، گفتند: "آرام، حکومت خواسته از تو در پرورشگاه نگهداری کند تا بزرگ شوی و بتوانی درس بخوانی و کاری یاد بگیری. برو خداحافظ، نگران خانه و گاو و بز و گوسفندان مادربزرگت نباش. ما از آن‌ها نگهداری می‌کنیم."

ما را به یک پرورشگاه بردند که بچه‌های یتیم دیگری هم آن‌جا بودند. جای بدی بود. دلم می‌خواست در همان خانه‌ی کوچک‌مان کنار گاو و گوسفندهایمان باشم. آزاد باشم، بازی کنم. اما آن‌جا ما را سر ساعت بیدار می‌کردند و سر ساعت صبحانه و ناهار و شام می‌دادند. یادم است ظهر آن

روز که رسیدیم، لباس‌هایمان را درآوردند، موی سـرمان را تراشـیدند، به حمام بردند و کفش و لباسی به همان شکل که سایر بچه‌ها پوشیده بودند به ما پوشاندند و هنگام نوشتن اسم‌هایمان در دفتر، چیزی در مورد این‌که من مسیحی هستم و صلاح‌الدین کُرد است ننوشتند؛ فقط نوشتند: یتیم.

روزها همان‌طور می‌گذشـت. بـا بچه‌هـای دیگـر آشـنا شـده و بـازی می‌کردیم و گاه به ما چیزهایی یاد می‌دادند. بعد از گذشت مدتی، یک روز من و صلاح‌الدین و چند بچه‌ی دیگر را به اتاقی بردند که چند خانم و آقـا با مدیر پرورشگاه و خانـم پرستاری کـه بـه غـذا و بـازی و لباس‌هـای مـا می‌رسید، آن‌جا بودند. مدیر ما را به آن‌ها معرفی کرد و اسم‌مان را گفت و شنیدم که می‌گفت این‌ها یتیم و بی‌کس هستند.

آن خانم‌ها و آقاها ما را به‌دقت نگاه می‌کردند. زن و مـرد جـوانی کـه کنار در ایستاده بودند، نزدیک شده و دست مـرا گرفتنـد و درحالی‌کـه بـا محبت به سرم دست می‌کشیدند، به مدیر پرورشگاه چیزی گفتنـد. مـدیر سری تکان داد و بعد پرستار مرا همراه با آن زن و مرد به اتاقی کـه مثـل اتاق آقای کومار میز و دفتر داشت برد. کمی بعد آقای مدیر آمد. آن خانم و آقا دفتر و کاغذهایی را امضا کردند. بعد از امضا و تشـکر از آقـای مـدیر، دست مرا گرفتند تا همراه خودشان ببرنـد. مـن گیـج منـگ شـده بـودم. نمی‌دانستم چه شده و نمی‌خواسـتم بـا آن‌هـا بـروم. دسـتم را کشـیدم و ایستادم. خانم پرستار خم شد و گفت: آرام آن‌ها پدر و مادر تو شده‌اند. تو باید با آن‌ها بروی. خانم جوان خم شـد، صورتم بوسـید و دوبـاره دسـتم را گرفت و من همراه آن‌ها رفتم. امـا دلـم از غریبـی و ناآشنایی و بی‌کسـی فشرده می‌شد. اگر اختیار داشتم، دلم می‌خواست به همان کلبه‌ی کوچک خودمان در ده برگردم و کنار مرغ و خروس و گاو و گوسفندها باشم و آزاد بگردم. همیشه نگران بودم و از خودم می‌پرسیدم چرا مرا از آن‌جا آوردند. چه بر سر خانه‌ی ما، گاو و گوسـفندها و بـز و مـرغ و خـروس و درختـان باغچه‌ی ما آمده؟ نمی‌دانستم، اما می‌خواسـتم بـاز روی شـاخه‌ی درخت سیب مقابل کلبه‌مان بنشینم و به پرنده‌ها و پروانه‌ها که در پرواز و گردش

بودند چشم بدوزم، اما نگذاشتند و من کسی را نداشتم.

آن خانم و آقا چند ماه اول با من خیلی مهربان بودند. لباس و کفش و اسباب‌بازی برایم خریدند. اتاق‌خواب با رختخواب مرتب و تمیز برایم آماده کردند. غذا و شیرینی خوشمزه به‌قدر کافی می‌خوردم. گردش می‌رفتیم. ولی من شاد نبودم. بعد از گذشت چند ماه، یک روز عصر مـرد خانـه کـه اسمش سلجوق بود، با ناراحتی آمد با همسرش صحبتی کرد، آهی کشید و دست‌هایش را به هم زد و هردو ناراحت و کمـی عصبانی بـه مـن نگـاه کردند. شام برخلاف روزهای گذشته چیزی بـه مـن ندادنـد. هر بـار کـه نزدشان رفتم، مرا راندند. من که متوجه ناراحتی آن‌ها شدم، به اتاقم رفتم نگران روی تخت افتادم و خوابیدم. صبح روز بعد که از خواب بلنـد شـدم، هر دو لباس‌پوشیده منتظرم بودنـد. از مـن خواسـتند صبحانه‌ام را زود بخورم، لباس بپوشم و همراه آن‌ها بروم. صبحانه را کـه بـرخلاف روزهـای پیشین بسیار مختصر بـود، خـوردم. لبـاس پوشـیدم و همراه‌شـان رفتم. نمی‌دانستم چه شده و چرا آن‌ها ناراحت هستند؟ در طـول راه زن طاقـت نیاورد و گفت: مردی از روستای شما به سلجوق گفته تو ارمنی و مسیحی هستی. بعد برای تکمیل صحبتش اضافه کرد: یعنی فرزند یـک خـانواده‌ی ارمنی و مسیحی هستی. تو دیگر نمی‌توانی فرزند ما باشی.

من که گیج شده بودم، گفتم: مسیحی و ارمنی یعنی چی؟

هر دو با شنیدن سؤال من ایستادند و با تعجب نگاهم کردند. سـلجوق گفت: یعنی تو نمی‌دانی ارمنی و مسیحی هستی؟

ـ نه.

ـ بزرگ که شدی می‌فهمی.

ـ ولی من می‌خواهم پیش شما باشم.

زن با ناراحتی گفت: ما هم می‌خواهیم اما نمی‌شود. اجازه نداریم تـو را نگه داریم.

آن‌ها مرا به همان پرورشگاه برگرداندند. در دفتر مدیر بـین سـلجوق و مدیر پرورشگاه بگومگوی شدیدی درگرفت. مدیر قبول نمی‌کرد و یک بار

برگشت و از من پرسید: تو ارمنی و مسیحی هستی؟

من گیج و منگ نگاهش کردم و گفتم: نمی‌دانم.

مدیر به سلجوق گفت: بفرما این بچه چه می‌داند که مسیحی و ارمنی چی هست؟ چه فرقی بین این و دیگر بچه‌ها هست؟

سلجوق گفت: نمی‌توانیم. همه‌ی فامیل فهمیده‌اند. برای ما ننگ است. پدربزرگم را ارمنی‌ها کشته‌اند.

ـ به فامیل نگو.

ـ برادرم می‌داند. یکی از آدم‌های دهشان که مشتری برادرم است، به برادرم گفته و برادرم به من گفت.

مدت یک ساعت بین آن دو بحث بود و در آخر مدیر گفت او را مدتی نگه دارید تا جای دیگری برایش پیدا کنیم و آن‌ها ناچار مرا برگرداندند اما دیگر با من مهربان نبودند و روز به روز بدرفتارتر و نامهربان‌تر می‌شدند. به‌خصوص سلجوق که خیلی ناراحت بود، هر بار که با من روبه‌رو می‌شد، با خشم داد می‌کشید: ارمنی کثافت، چرا تو زندگی ما آمدی؟ قاتل‌زاده، این‌جا چه می‌کنی؟

و گاه که مست می‌شد، با مشت و لگد و دشنام به جانم می‌افتاد. زن می‌آمد، مرا از دستش می‌گرفت و اعتراض می‌کرد و می‌گفت: این بچه چه گناهی کرده؟ این اصلاً چه می‌داند ارمنی چی هست؟

سلجوق می‌گفت: مگر نمی‌دانی ارمنی‌ها دشمن ما هستند؟ مگر نشنیدی که مادرم می‌گفت پدربزرگم را این‌ها کشته‌اند؟ به خاله‌ام تجاوز کرده‌اند؟

هر روز بد و بدتر می‌شد و زن هم با من مهربان نبود. یک شب که سلجوق خیلی مست بود، بالای پله‌ها با من روبه‌رو شد و با لگد به سینه‌ام کوبید و من از بالای پله‌ها به پایین پرت شدم و سینه و بازویم شکست. وقتی به‌هوش آمدم، در بیمارستان بودم. زن مرا به آن‌جا برده بود. یک ماه در بیمارستان بستری بودم، بعد مرا به پرورشگاه برگرداندند چون سلجوق و زنش حاضر نشده بودند مرا به خانه‌شان برگردانند. مدتی در پرورشگاه

بودم. یک روز مدیر پرورشگاه مرا صدا زد و گفت: آرام، تو دیگر بزرگ شده‌ای. شنیده‌ایم که در روستای زادگاهت گاو و گوسفند و خانه داری. بهتر است به خانه‌ات برگردی. مرا به دهمان برگرداندند. کدخدا که از برگشتن من ناراحت شده بود، مرتب می‌گفت حالاچه باید بکنیم؟ کسی را فرستاد و همسایه‌مان، مرد مسیحی‌ای را که من نزد آن‌ها می‌ماندم و خانه و گاو و گوسفند و مرغ و خروس‌هایم تحویل او بودند، خبر کرد. همسایه‌مان که آمد، از برگشتن من بسیار ناراحت و متعجب شد. مرتب می‌گفت: چطور نگهش داریم. کدخدا می‌گفت: چند روزی نگهش دار تا ببینم چه باید کرد؟ آن مرد مرا به خانه برد، اما وقتی می‌خواستم به خانه‌ی خودمان بروم، نگذاشت. گفت خانه‌ی شما خالی و خراب شده، گاو و گوسفند و بز و... هم مرده‌اند. در باغ و مزرعه‌ات هم چیزی نیست. من بعداً فهمیدم که کدخدا و او ارث مرا بین خودشان تقسیم کرده بودند. چند روز بعد، کدخدا مرا به مردی که به آنکارا می‌رفت سپرد. بعداً فهمیدم مرا فروخته. آن مرد مرا به‌زور پشت اتومبیلش انداخت و به شهر کوچکی برد و تحویل مردی در یک انبار داد و یک بسته پول گرفت. در آن انبار به‌غیر از من چند کودک همسن من هم بودند. آن‌جا به ما غذا کم می‌دادند، خیلی اذیتمان می‌کردند، خیلی. تا این‌که یک روز مردی به‌نام ابراهیم آمد ما را با خیلی از بچه‌های دیگر به عراق برد و از آن‌جا به این‌جا آورد. نمی‌دانم بر سر بچه‌های دیگر چه آمد. مرا به این کارخانه تحویل دادند.»

یارمحمد کمی سکوت کرد. درحالی‌که نگاهش را به صورت او دوخته بود، گفت: «این سرگذشت آرام بیچاره بود. بیچاره خیری از زندگی ندید. اگر می‌گذاشتند همان‌جا در همان دهشان بماند، می‌توانست در همان مزرعه و باغ و خانه‌ی کوچکش با گاو و گوسفندها و مرغ و خروس‌هایش زندگی آسوده‌ای داشته باشد، اما نگذاشته بودند. منفعت‌طلبی بسیاری از آدم‌ها زندگی خیلی‌ها را تباه کرده. نه‌تنها باغ و باغچه و خانه و گاو و گوسفندهای آرام را گرفتند، بلکه زندگی‌اش را هم تباه کردند. من غم غربت و دلتنگی آرام را هر روز که کنار هم بودیم و از خودمان و

آرزوهایمان صحبت می‌کردیم، می‌دیدم. آرام آرزو داشت که به همان باغ و مزرعه در دهشان برگردد و آزاد و باحرمت زندگی کند و برای خودش کسی شود. همان‌طور که تو آرزو داری. آرام بعد از شش یا هفت ماه مریض شد. سینه‌اش درد گرفت و یک روز خون بالا آورد. همان‌طور که عنایت خون بالا آورد. چند روز روی تخت افتاده بود و بی‌حال بود تا این‌که یک روز عصر حالش به‌هم خورد و درحالی‌که با من از آرزویش که دوباره دیدن خانه و باغشان بود، درگذشت. روز بعد او را به همان زمین حصارکشیده‌ی خارج از شهر بردند و پایین تپه‌ای دفن کردند. همان باغی که عنایت را دفن کردند. من دیده‌ام چطور دفن می‌کنند. بعد از گذاشتن در قبر و ریختن خاک و صاف کردن محل، بی‌تفاوت راه می‌افتند و می‌آیند. انگار هیچ‌چیزی را دفن نکرده‌اند، انگار آرام و عنایت اصلاً نبوده‌اند.»

یارمحمد از تأسف و عصبانیت نفس عمیقی کشید و گفت: «بعد از درگذشت آرام، آقا کومار مرا به سالن آخر، همان سالنی که تو الان آنجا کار می‌کنی، فرستاد. من بعد از مرگ پدرم و مرگ آرام فهمیدم که باید تلاش کنم تا برای خودم کسی باشم و برای این‌که کسی باشم، باید درس بخوانم و حرفه‌ای یاد بگیرم. تصمیم گرفتم شب‌ها به مدرسه‌ی شبانه بروم و روزها از کارکنان هندی انگلیسی و حساب و هندسه و غیره را یاد بگیرم. الان دیپلمم را گرفته‌ام و حسابدار شده‌ام و می‌خواهم بروم دانشگاه و درسم را ادامه بدهم. تو هم سعی کن از خانم هندی و دیگران انگلیسی و چیزهای دیگر یاد بگیری. می‌دانم نمی‌گذارند که تو به مدرسه بروی چون کارت شناسایی نداری، ولی سعی کن همین‌جا از همان کسانی که دوروبرت هستند چیزی یاد بگیری.» و درحالی‌که بلند می‌شد حرف عنایت را به او گفت: «اگر توانستی این‌جا نمان. این‌جا هیچ عاقبتی برای تو ندارد. می‌دانم می‌خواهی برگردی بروی به افغانستان ولایت خودتان. توانستی برو و اگر رفتی حتماً شناسنامه و پاسپورت بگیر. مدرکی که تو را معرفی کند. ولی آن‌جا در افغانستان هم نمان. برو جایی که برای خودت کسی باشی.»

یارمحمد برای همدلی دستی به شانه‌ی او زد و درحالی‌که خداحافظی

می‌کرد گفت: «من تا آخر تابستان این‌جا هستم. هر وقت کاری داشتی بیا پیش من. حتماً کمکت می‌کنم.»

روزها گذشت. او کم‌کم با گذشت زمان به مـرگ و نبـودن عنایـت و دیگـر دوستانش که در آن مدت از آن‌ها جدا شده بود، عـادت کـرده بـود. خـانم آشیما و دیگر کارگران هندی سالن آخـر بـا او خیلـی مهربـان بودنـد و در یادگیری خیلی چیزها به‌خصوص زبان انگلیسی و ریاضی و علوم اجتمـاعی به او کمک می‌کردند. یک روز جوانی هندی به نام راجی برای کار به سالن آن‌ها در کارخانه آمد. او دیپلمه بود و انگلیسی، علوم اجتماعی و... را خوب می‌دانست. راجی که تازه از هند آمده بود، هم‌اتاق او شـد و در تختـی کـه مال عنایت بود، خوابید. آمدن راجی و هم‌اتاق شـدن آن‌هـا او را از تنهـایی درآورد. اما آن‌ها برای صحبت و گفتگو زبان یکدیگر را نمی‌دانسـتند؛ جـز چند کلمه‌ی ابتدایی که امین در آن مدت از خانم آشیما یاد گرفتـه بـود. راجی وقتی چند کلمه و جمله‌ی انگلیسی را از امین شنید خوشحال شـد. روز بعد با چند مجله و تعدادی کاغذ سفید بـا دو مـداد آمـد و گفـت بیـا انگلیسی یاد بگیر و شروع به یاد دادن انگلیسی به او کرد. نخسـت حـروف الفبا و طرز تلفظ آن‌ها را در چند شب به او یـاد داد. بعـد از کلمـات سـاده مثل من، او، شما و... شروع کرد. با علاقه‌ای که او داشت، کـار درس خـوب پیش رفت. شب‌ها پیش راجی درس می‌خواند و صبح‌ها قبل از شـروع کـار به خانم آشیما تحویل مـی‌داد و آن‌هـا از ایـن شـوق و علاقـه‌ی او بسـیار

خشنود بودند. راجی هرشب از هر کتاب و مجله، نوشته‌ی انگلیسی‌ای که می‌یافت می‌آورد. چند سطر آن را انتخاب می‌کرد. چند بار می‌خواند و بعد آن را تجزیه و تحلیل می‌کرد و در آن چند سطر فاعل و مفعول، زمان، فعل‌ها و صفت‌ها و قید و حروف اضافه و... را مشخص می‌کرد و بعد از او می‌خواست بیش از پنجاه بار آن را بخواند، بیست بار بنویسد و خوب به یاد بسپارد. با گذشت ماه‌ها، راجی علاوه بر درس انگلیسی و ریاضی و علوم اجتماعی خیلی چیزها به او یاد داد، به‌طوری‌که بعد از دو سال از آمدن راجی، او می‌توانست خوب انگلیسی صحبت کند، ریاضی خوب می‌دانست و مسایل روز دنیا را برای خود تحلیل می‌کرد. می‌دانست کجاست و چگونه باید با مؤسسات و شرکت‌ها تماس بگیرد و ارتباط برقرار کند و چگونه سفر کند. راجی آرزویش رفتن به اروپا به‌خصوص انگلستان بود و می‌خواست در آن‌جا به دانشگاه برود و درسش را ادامه دهد و هدفش از آمدن و کار کردن در آن کارخانه اندوختن پول و کمک به خانواده‌اش در هند بود. او را تشویق می‌کرد که آزادی‌اش را بخرد و برای ادامه‌ی تحصیل به مدرسه‌ی رسمی برود. او دیگر بزرگ شده و در حال بلوغ بود و پیش از هر چیز آرزویش آزاد شدن و برگشتن بود و دیدن مادر و برادر و خواهرانش و رفتن و پیدا کردن دوستانش ثریا، ایمان، یاسر، حامد و خیلی‌های دیگر. بعد می‌خواست همان‌طور که راجی می‌گفت، برود درس بخواند و برای خود کسی باشد؛ کسی که دیگر مثل عنایت پنهانی دفنش نکنند و سنگ قبری برایش نگذارند تا کسی نداند که آن‌جا پسری دفن شده است. پسری بی‌کس که فروخته شد و هیچ‌کس بر مرگ او نگریست. انگار هیچ‌چیز آن‌جا دفن نشد. او می‌خواست از سرنوشت عنایت، پدر یارمحمد و خیلی از بچه‌های فروخته‌شده و کارگران روزمزد بگریزد. اما چطور؟ نمی‌دانست. راجی مدام تشویقش می‌کرد که با آقای کومار صحبت کند. شاید اجازه بدهد که او حداقل شب‌ها به مدرسه برود. بعد از چند روز صحبت با راجی و مشورت با خانم آشیما، نزد آقای کومار رفت و آرزو و درخواستش را گفت و از او خواست اجازه دهد که شب‌ها برای تحصیل به مدرسه برود و

معرفی‌نامه‌ای بدهد تا بتواند با کمک راجی و یارمحمد در مدرسه‌ای ثبت‌نام کند. آقای کومار چند لحظه با تحسین و درعین‌حال با تأسف به او نگاه کرد و گفت: «امین تو پسری باهوش و کارگر جوان خوبی هستی. ای‌کاش می‌توانستم به تو کمک کنم اما نمی‌توانم. چون تو جزو آن بچه‌هایی هستی که خریداری شده‌ای. خودت بهتر می‌دانی تو را قاچاقی و غیرقانونی به این‌جا آورده و به این کارخانه فروخته‌اند. تو نه پاسپورت داری، نه شناسنامه. معلوم هم نیست اهل کجا هستی.»

او در پاسخ گفت: «اهل افغانستان هستم، جناب کومار.»

ـ می‌دانم، اما باید کارت شناسایی یا پاسپورتی داشته باشی که نام و ملیت تو را تأیید کند.

ـ پس می‌فرمایید چه باید بکنم؟

ـ متأسفم امین. من اختیار دادن معرفی و این کارها را ندارم. باید با مدیران و صاحبان این کارخانه صحبت کنم. اگر آن‌ها اجازه دادند، من حتماً معرفی‌نامه می‌دهم.

ـ ممکن است اجازه بدهند؟

ـ نمی‌دانم. من حتماً صحبت می‌کنم. اگر اجازه دادند کمک می‌کنم که به مدرسه بروی. ما به کارگران فنی نیاز داریم. کمک می‌کنم بعد از مدرسه دوره‌ی فنی دباغی را که ما خیلی نیاز داریم بگذرانی.

ـ خدا شما را حفظ کند.

از نزد کومار که برگشت، خیلی خوشحال و امیدوار بود. احساس می‌کرد کم‌کم دارد کسی می‌شود، شخصیت و هویتی پیدا می‌کند. در آن چند سال ماجراهای زیادی از سر گذرانده و خیلی چیزها آموخته بود. امیدوار و خوشحال نزد راجی و خانم آشیما برگشت و آن‌ها از برخورد کومار خوشحال شدند و به او امیدواری دادند. هفته‌ی بعد آقای کومار او را صدا زد و گفت: «امین، با هیئت‌مدیره و صاحبان این کارخانه صحبت کردم. متأسفانه موافقت نکردند. آن‌ها خیلی می‌خواستند به تو کمک کنند ولی امکان‌پذیر نیست. تو خریداری شده‌ای و غیرقانونی در این کشور و در این

کارخانه هستی. اگر پلیس یا مقامات دولتی بدانند برای کارخانه خوب نیست. برای خود تو هم خوب نیست چون می‌آیند تو را می‌برند و معلوم نیست چه می‌شود.»

ـ پس من چه باید بکنم؟

ـ همان کاری که تابه‌حال کرده‌ای. پیش راجی و دیگران خواندن و نوشتن یاد گرفته‌ای. از هفته‌ی آینده هم تو را می‌فرستم قسمت دباغی زیر نظر یکی از کارگران فنی تا کارهای آن‌جا را یاد بگیری. دستمزدت را هم دو برابر می‌کنم، البته می‌دانی دستمزد نیست؛ پول توجیبی و تشویقی است چون به تو و دیگر کارگران خریداری‌شده دستمزد داده نمی‌شود.

او ناامید و ناراحت از پیش کومار برگشت و در طول راه مدام از خود می‌پرسید چه خواهد شد؟ چه خواهم کرد؟ تا آن روز و تا آن سن هرگز هیچ شهری را نگشته و ندیده بود، خریده نکرده و از وضع شهر و قوانین و مقررات هیچ اطلاعی نداشت؛ جز چند موردی که یارمحمد و راجی و خانم آشیما گفته و به او یاد داده بودند. دلش می‌خواست شهر را بگردد. مثل تمام کارگران که در تعطیلات آخر هفته به گردش و تفریح و خرید می‌رفتند، او نیز می‌خواست برای خودش خانه‌ای داشته باشد، به شهر برود. آن‌قدر دستمزد خوب و کافی داشته باشد که بتواند مثل دیگر کارگران بگردد و تفریح کند و هر چیزی که دوست دارد بخرد، اما نمی‌توانست. حالا که می‌خواستند پول جیبی هفتگی‌اش را دو برابر کنند، درحقیقت به‌اندازه‌ی نصف دستمزد یک کارگر آزاد و دارای کارت شناسایی بود. چطور می‌توانست با آن پول برای خودش زندگی درست کند؟ هرچه فکر می‌کرد، عقلش به جایی نمی‌رسید. نگاهی به اطرافش انداخت. دید مدتی است دور یک باغچه‌ی کوچک مقابل ساختمان اداری همچنان می‌گردد و آقای کومار او را از پنجره می‌نگرد. شرمگین سرش را پایین انداخت. راه افتاد و به محل کارش برگشت. راجی و خانم آشیما و دیگر کارگران از شنیدن تصمیم هیئت‌مدیره‌ی کارخانه ناراحت شدند و همه او را دلداری دادند و گفتند: ناراحت نشو، بالاخره یک راهی پیدا

می‌شود. راجی گفت: من هرچه بتوانم به تو یاد می‌دهم. بعد من هم این‌جا از خانم و دیگر کارکنان هندی برای یاد گرفتن هر چیزی که دوست داری کمک بگیری. صبر کن تا کمی بزرگ‌تر شوی، بعد حتماً از این جا برو.

از این‌جا برو، چیزی بود که همه به او می‌گفتند و توصیه می‌کردند. آن‌هایی که دوست او بودند، خانم آشیما هر روز او را تشویق می‌کرد که صبر کند کمی که بزرگ‌تر شد، مثل بسیاری از افغانی‌ها برود و در کشوری پناهنده شود. آمالش، مرد قوی‌هیکل، می‌گفت: «صبر کن، من منتظر کشتی‌ام هستم که در آن کار می‌کردم. آن را برای تعمیر برده‌اند. کشتی باری بزرگی است. بالاخره می‌آیند مرا خبر می‌کنند. من تو را با خود می‌برم. به یک کشور خوب که رسیدیم، تو برو آن‌جا پناهنده شو.»

او می‌پرسید: «پناهنده چیست؟ چطور می‌شود پناهنده شد؟»

آن‌ها توضیح می‌دادند که پناهنده کسی است که در شهر و کشورش در خطر است، جا و خانه و غذا ندارد و بی‌هویت است. خانم آشیما می‌گفت: «پناهنده شدن خوب نیست، اما امین، تو چاره‌ای نداری مگر این‌که به افغانستان برگردی و خانواده‌ات را پیدا کنی، شناسنامه و پاسپورت بگیری، چون بدون شناسنامه، پاسپورت یا کارت شناسایی شناخته نمی‌شوی.»

راجی می‌گفت: «ما چطور بدانیم نام تو امین است؟ شاید امین نیست. و چطور بدانیم اهل افغانستان هستی؟ شاید اهل کشور دیگر باشی. کارت شناسایی یا پاسپورت این‌ها رل مشخص می‌کند. تو اکنون هیچ‌کس هستی، هیچ‌چیز.

و او روزها به این فکر می‌کرد چرا او هیچ است؟ چرا کارت شناسایی ندارد؟ چطور باید شخصی مستقل با اسم و رسم مشخص باشد و خودش را معرفی کند. هر وقت که با راجی صحبت می‌کرد، او در پاسخ می‌گفت: «برای این‌که تو برده هستی، تو را از بچگی فروخته‌اند. تو مال خودت نیستی.»

و او نمی‌دانست برده چیست؟ چرا فروخته شده؟ و هیچ اختیاری

ندارد. کمی که بیشتر فکر می‌کرد، یادش می‌آمد در آن روزها که در انبار نزدیک کراچی پاکستان بودند، چطور خیلی از کودکان را برای فروش اعضای بدن‌شان بردند. ثریا از این‌که آن بچه را برای فروش اعضای بدن‌شان خواهند کشت، می‌گریست. یادش آمد یاسر و ثریا تصمیم گرفته بودند فرار کنند. اکنون او نیز باید فرار کند. اما چطور؟ کجا برود؟ او که جایی را نمی‌شناسد و کسی را ندارد. اگر از او کارت شناسایی خواستند، چطور خودش را معرفی کند؟ روزها همچنان با این فکر گذشت. همیشه صحبتش با راجی و خانم آشیما در این مورد بود که او چطور و با چه اسم و فامیلی خودش را معرفی کند. راجی از یکی از دانشگاه‌های انگلستان پذیرش گرفته و آخر ماه از آن‌جا می‌رفت. صبح روزی که برای شروع کار وارد سالن شدند، نامه‌ی پذیرش دانشگاه را که پست آورده بود به او دادند. خیلی خوشحال شد. همه‌ی کارگران و همکاران هندی به او تبریک گفتند. راجی که بسیار شاد و امیدوار بود و به شوق آمده بود و می‌خواست کاری بکند، دست او را گرفت و گفت:«بیا برای تو کارت هویت درست کنیم.»

خانم آشیما و دیگران متعجب گفتند: «چطور؟»

راجی گفت: «تو باید یک کارت کوچک به‌اندازه‌ی تمام کارت‌های شناسایی داشته باشی.» پشت کامپیوتر میزش که حساب و مقدار و آمار خروجی انواع محصولات و محل صدور را ثبت می‌کرد، نشست و جستجو کرد و کارت شناسایی مشابه کارت شناسایی مردم افغانستان پیدا کرد. کپی کرد و از او اسم کاملش را پرسید.

او گفت: «امین.»

ـ فامیل؟

سکوت کرد. راجی دوباره پرسید: «نام فامیلت را بگو، نام فامیلیت چیست؟»

او شانه‌اش را بالا انداخت و گفت: «نمی‌دانم.»

راجی پرسید: «اسم پدر و مادرت چه بود؟»

ـ نمی‌دانم.

ـ می‌دانی اهل کجا، کدام ولایت افغانستان هستی؟

فکر کرد و گفت: «نمی‌دانم اما نام هلمند و نیمروز را خیلی شنیده‌ام.»

راجی دوباره پرسید: «اسم پدرت چه بود؟ یادت می‌آید؟»

ـ نه.

ـ می‌خواستی اسمش چه بود؟

ـ نمی‌دانم، احمد، یارمحمد یا...

ـ خب اسم پدر احمد، اسم مادر چی؟

او یاد روسری گلدار مادرش افتاد که شبیه روسری بهارگل، زن جوان و مهربان بود. گفت اسم مادرم بهارگل بود.

ـ بهارگل؟ چقدر زیبا!

ـ فامیلت را هم نمی‌دانی. می‌نویسم امین هلمندی. شماره کارت شناسایی ۴۱۸، ملیت افغانستانی.

راجی بعد از نوشتن مشخصات به او گفت کنار دیوار صاف بایستد و با دوربین موبایلش عکس او را گرفت و گفت: «برو مشغول کارت شو. تا عصر کارت شناسایی‌ات را آماده می‌کنم.»

خانم آشیما که بسیار متعجب بود، گفت: «راجی، تو داری شوخی می‌کنی؟»

راجی گفت: «نه، کارت شناسایی تهیه می‌کنم. بالاخره او یک انسان است. حق‌وحقوقی دارد. در این‌جا کار و زندگی می‌کند. باید یک کارت شناسایی داشته باشد یا نه؟»

ـ ولی باید رسمی باشد. دولت بدهد.

ـ کدام دولت؟ او اهل هیچ‌جا نیست. حتی اسم پدرش را هم به یاد ندارد. به او گفته‌اند اهل افغانستان است. اما کجای افغانستان؟ اگر برود به افغانستان کی او را خواهد شناخت؟ او اصلاً نمی‌تواند جای دیگری برود. بیرون از این کارخانه کسی او را نمی‌شناسد. حق‌وحقوقی هم ندارد. او را فروخته‌اند و این کارخانه خریده تا از او کار بکشد. وقتی هم که بمیرد،

باید مثل دوستش مخفی و گمنام دفنش کنند. بالاخره باید به او کمک کرد یا نه؟

ـ چه کاری، چه کمکی؟

ـ الان نه، اما بالاخره او باید روزی از این‌جا برود و برای خودش کسی شود. من برای او کارتی غیررسمی تهیه می‌کنم تا لااقل برای خودش یک مشخصاتی داشته باشد. این درست نیست که پسری به این خوبی بدون هویت باشد و قادر نباشد خودش را معرفی کند. او اسمش را می‌داند. مادرش را هم به یاد دارد. در آینده شاید به کشورش رفت، فامیلش را پیدا کرد. من کارت شناسایی غیررسمی برایش تهیه می‌کنم تا اگر کسی پرسید و نیاز بود، با آن خودش را معرفی کند. روزی هم اگر خواست کارت شناسایی رسمی بگیرد، این اطلاعات را داشته باشد. البته بعید می‌دانم که بتواند به افغانستان برگردد.

خانم اشیما و دیگران که با دقت گوش می‌کردند، انگار از حرف‌های منطقی راجی قانع شده بودند. نگاهی به یکدیگر انداختند و به سر کار خود برگشتند. خانم آشیما به او اشاره کرد که مشغول کارش شود. راجی بعد از نوشتن مشخصات برای ساعتی بیرون رفت و نزدیک ظهر با کارتی سلفون‌شده که عکس کوچکی از چهره‌ی تمام‌رخ او کنارش بود، با امضای فردی که زیر نوشته شده بود مسئول اداره‌ی نفوس ولسو والی هلمند، آمد و کارت را به او داد. امین لحظه‌ها به کارت شناسایی نگریست. برگشت و شادمانه کارت شناسایی را به طرف خانم آشیما و دیگر کارکنان گرفت. آن‌ها آمدند. یک‌به‌یک کارت را گرفتند و دقیق نگاه کردند. سری به تأیید تکان دادند و دستی برای تبریک به شانه‌ی امین زدند.

خانم آشیما گفت: «تو حالا کارت شناسایی داری.»

راجی گفت: «نترس، این معتبر است. رفتم به بازار افغانی‌ها، آن‌جا کسی بود که این کارت را برایم درست کرد و مهر زد. کارت رسمی ایالت هلمند است.»

خانم هندی گفت: «البته غیررسمی است.»

راجی گفت: «نه، رسمی است. کسی که این را برایم تهیه کـرد، تعـداد زیادی شناسنامه و کارت و ورقه‌ی شناسایی ایالت‌هـای افغانسـتان را بـا امضای مسئولان داشت و می‌فروخت. من هم مشخصات امین را که نوشته بودم با عکسش دادم. این کارت را صادر و سلفون کردند و تحویـل دادنـد. گفتند رسمی است. وقتی پرسیدم چطور رسمی است؟ فردی که کـارت را آورده بـود، گفـت: الان در افغانسـتان جنـگ اسـت. طالبان بـه حکومـت رسیده‌اند. وضع به‌هم خورده. کمتر کسی به فکر کارت شناسایی و... است. ما این کارت‌ها را از جای معتبری گرفته‌ایم. دنیای عجیبی اسـت. بـا پـول هرکاری می‌توان کرد.»

ـ چند شد؟

ـ سیصد ریال عمانی.

ـ اوه چقدر زیاد!

ـ نه، زیاد نیست. این هدیه‌ای بود که من باید به امین مـی‌دادم. امـین پسر باهوشی است. یکی دو سال بعد باید از این‌جا برود.

ـ کجا برود؟

ـ هر جا که خواست، این‌جا بماند چه خواهـد شـد؟ این‌جا در ایـن کارخانه در حد یک کارگر نیست. محبت و توجه آقای کومار را، خودت را، مرا و دیگران را نگاه نکن. او هیچ حقی ندارد. به او حقـوقی نمی‌دهنـد. در هفته دویست ریال می‌دهند که به‌اندازه‌ی مزد یـک روز یـک کـارگر هـم نیست. او باید از این‌جا برود.

ـ کجا؟

ـ هرجـا، بـالاخره بایـد روزی سرنوشـت و آینـده‌اش را پیـدا کنـد و زندگی‌اش را بسازد.

خانم آشیما گفت: «می‌فهمم، اما نگرانم.»

بعد برگشت و به امین گفت: «هرچـه مـی‌توانی کـار یـاد بگیـر، زبان انگلیسی‌ات را تقویت کن. اگر بتوانی بخوانی و بنویسی و کاری بلد باشی، هرجا بروی بیکار نمی‌مانی.»

او که از داشتن کارت شناسایی شاد بود، می‌فهمید که باید برود.

ماه بعد راجی خداحافظی کرد و رفت و یارمحمد که در یک شرکت معتبر کار مناسبی پیدا کرده بود، از اول ماه بعد که چند روز بیشتر به آن نمانده بود، از آن‌جا می‌رفت. آقای کومار او را زیردست یارمحمد قرار داده بود تا کار او را خوب یاد بگیرد و در غیاب یارمحمد کارهای او را انجام دهد. کار یارمحمد تحویل گرفتن پوست‌هایی که از کشتارگاه‌ها یا جاهای دیگر می‌آوردند و تحویل دادن به قسمت دباغی بود. عصر یکی از روزها، او با یارمحمد از قصدش برای رفتن و فرار از آن‌جا صحبت می‌کرد. یارمحمد گفت: «کجا؟ هر جا بروی باید پاسپورت و کارت شناسایی داشته باشی.»

ـ من کارت شناسایی دارم.

و کارت شناسایی را که راجی تهیه کرده بود نشان داد. یارمحمد گرفت. با دقت نگاه کرد و گفت: «این را از کجا گرفته‌ای؟»

ـ راجی برایم تهیه کرد. گفت که از یک افغانی صاحب‌مقام که کارت شناسایی و پاسپورت افغانی می‌فروخت گرفته.

ـ عجب، ای‌کاش پاسپورت می‌گرفت. به‌هرحال همین هم بد نیست. ببین به‌نظر من بهترین و مطمئن‌ترین جایی که تو می‌توانی بروی و کار کنی نزد کریم است. کریم اهل افغانستان است. دوست پدر من بود، دوست من هم هست. من این‌جا با کریم آشنا شدم. هر چند وقت به این‌جا پوست می‌آورد. مسئول یک دامپروری بزرگ است. یک بار مرا دعوت کرد. به دامپروری‌اش رفتم. مؤسسه‌ی بزرگی است و در جای خیلی باصفایی در دامنه‌ی کوه نزدیک رودخانه‌ی آندام قرار دارد. آن‌جا به‌غیر از گاو و گوسفند و بز، اسب هم پرورش می‌دهند. کریم می‌گفت مؤسسه مال آدم‌های ثروتمند و بانفوذی است. بعد از فوت پدرم دو بار به سراغ من آمد و از من می‌خواست کار این‌جا را ول کنم و بروم در مؤسسه‌ی آن‌ها کار کنم اما من می‌خواهم در شهر باشم. تلفنش را دارم. زنگ می‌زنم با او صحبت می‌کنم. اگر قبول کرد تو می‌توانی بروی و آن‌جا کار بکنی؟

ـ من چطور به آن‌جا بروم؟

ـ کریم آدم بامعرفتی است. اگـر وضـع تـو را بدانـد، کمکت می‌کنـد. می‌آید و می‌بردت و یا وقتی پوست آورد همراهش می‌روی. آن‌جا حقـوق خوبی به تو می‌دهند و آزاد می‌شوی.

او از حرف‌های یارمحمد امیدوار و خوشحال شد. آخر مـاه کـه رسیـد، یارمحمد از آن‌جا رفت و قول داد که پیگیر کار او باشد. با رفتن یارمحمـد او دسـت‌تنها شـد. سـنگینی کـار گرفتـارش کـرده بـود. تنها امیـد و دلخوشی‌اش خانم و آمالش مرد قوی‌هیکـل قسـمت صـدور محصـولات و دیگر کارکنان سالن آخر بود. در دیگر بخش‌ها، به‌خصوص در سالن اول، تعداد کمی از کارگران با او دوست و موافق بودند. تعداد زیادی از کارگران رسمی که قدیمی بودند و سابقه‌ی کار طولانی داشتند، او را با تحقیر نگاه می‌کردند و حاضر نبودند با او همکاری کنند. از سمت و مسئولیتی که به او داده شده بود چندان خوشنود نبودند. گاه برای مخالفت به حرف‌های او اعتنا و توجه نمی‌کردند و بسیاری وقت‌ها کارشکنی کرده و انجام کارهـا را به تعویـق می‌انداختنـد. یـک بـار هـم کـه او بـا یکـی از کـارگران جـوان پوست‌های تازه‌رسیده را برای تحویل به سالن دباغی بـرده بـود، آن‌هـا از خالی کردن گاری پوست‌ها سر بـاز زدنـد و گفتنـد خـودت خـالی کـن. هنگامی که او مشغول خالی کردن پوست‌ها بود، یکی از آن‌ها از پشت بر پای آسیب‌دیده‌ی او زد و او ناله‌کنان روی پوست‌ها افتاد و سر و صورتش میان پوست‌های چـرب و کثیـف کـه بـوی گنـد می‌دادنـد، فـرو رفت. نمی‌توانست بلند شود. آن‌ها به وضع او و افتادن و فرو رفتن سر و صورتش میان پوست‌ها می‌خندیدند. به‌زحمت با کمک کارگر جوان و کارگر پیـری که از کار و مزاحمت دیگر کارگران چندان راضی نبود، بلند شـد. کمکـش کردنـد کـه از سـالن خـارج شـود، دسـت و سـر و صـورتش را بشـوید و لباس‌هایش را عوض کند.

این‌گونه رفتارها و سر باز زدن از کار چندین بار تکرار شد و روزی نبود کـه به او متلک نپرانند و بـا او مخالفـت نکننـد و انجـام کـار را بـه تأخیر نیندازند. خیلی‌ها به او گفتند که به آقای کومار شکایت کند ولی او حاضر

به شکایت نبود، چون قصد داشت داشت از آنجا بـرود. خـانم آشیما و دیگر کارکنان که ماجرای افتادن او و دیگر مسائل را شنیده بودند، بـه آقـای کومار اطلاع دادند و آقای کومار او را بـه دفتـرش خواست. ایـن درست زمانی بود که یارمحمد به او خبر داده بود که با کریم صحبت کرده و وضع و حال او را گفته و کریم آخر هفته می‌آید و او را با خود می‌برد.

به دفتر آقای کومار که رفت، آقای کومار از وضع کار و مشکل جریان کند روال کار دباغی پوست‌ها پرسید. او مطابق آنچه که یارمحمد یاد داده بود، آمار دقیق پوست‌های واردشده و تحویل‌داده‌شده بـه سـالن دبـاغی را ارائه داد و گفت: «اگر کندی در کار دباغی صورت گرفته لطفاً از مسئول سالن بپرسید چون من دخالتی در کار آن‌ها ندارم.»

آقای کومار گفت: «شنیده‌ام که بـرای تـو چه اتفـاقی افتـاده و بـا تـو برخورد کرده‌اند.»

ـ بله، روی پوست‌ها افتادم. مسئله‌ی مهمی نبود.

ـ آیا تو را اذیت کرده‌اند؟ مسئله‌ای هست که من باید بدانم؟

ـ نه قربان، مسئله‌ای نیست.

آقای کومار خشنود از رفتار و فهم امین گفت: «امین، مـن از حادثـه‌ی سالن دبـاغی و رفتـاری کـه کـارگران بـا تـو داشتـه‌اند خبـردار شـده‌ام. نمی‌خواهی شکایت کنی؟»

ـ نه.

ـ چرا؟

ـ آقای کومار، من کارگری خریداری‌شده و غیررسمی هستم. سنم از آن‌ها کمتر است. شاید آن‌ها از این مسئله ناراحت هستند.

ـ ناراحتی آن‌ها مهم نیست. آینده‌ی تو مهم است.

ـ فکر نمی‌کنم من این‌جا آینده‌ای داشته باشم. آن‌طور کـه شنیده‌ام، ممکن است من را از این‌جا ببرند و به جای دیگری بفروشند.

ـ من نمی‌گذارم.

ـ اگر شما از این‌جا تشریف ببرید چه؟

ـ باید امیدوار و به خودت متکی باشی. تو هوش و قدرت یادگیری خوبی داری. من از کار تو راضی هستم. می‌بینم در این مدت کوتاه کار یارمحمد را یاد گرفته‌ای و به‌طرز خوبی اداره کرده‌ای. من از تو حمایت می‌کنم. اگر باز کارشکنی و مخالف کردند یا متلک انداختند و مزاحمت ایجاد کردند، به من بگو. برو مشغول کارت شو و نگران نباش. تا ببینیم در آینده چه می‌شود.

او برگشت که برود. ایستاد. تصمیم گرفت رفتنش را به آقای کومار اطلاع دهد. نمی‌خواست در برابر محبت و خوبی‌های آن مرد جفا کند. برگشت و گفت: «آقای کومار، اگر اجازه بفرمایید می‌خواستم از کمک‌هایی که به من فرموده‌اید تشکر کنم، قصد داشتم خدمت‌تان بیایم و اطلاع دهم که من از این‌جا می‌روم. مرا ببخشید. من این‌جا آینده‌ای ندارم.»

آقای کومار که به‌دقت به حرف‌های او گوش می‌داد، از شنیدن رفتن او چندان متعجب نشد. انگار خبر داشت. تبسمی کرد و گفت: «تو پسر بااخلاق و مؤدبی هستی. من متوجه آنچه که گفتی نشدم و حرف‌هایت را هم نشنیده‌ام. رفتنت را هم نمی‌بینم. برو آنچه که می‌خواهی بکن.»

امین بیرون آمد و مشغول کارش شد. صبح روز پنج‌شنبه کریم با یک وانت بزرگ دوکابین آمد. پشت وانت پر از پوست بود. هنگام تحویل دادن نگاهی به صورت او انداخت و گفت: «تو امین هستی، جانشین یارمحمد؟»

ـ بله.

ـ یارمحمد در مورد تو با من صحبت کرده. می‌خواهی بیایی در دامپروری کار کنی؟

ـ اگر کمکم کنید، ممنون می‌شوم.

کریم لبخندی زد و گفت: «همان‌طور هستی که یارمحمد می‌گفت. من از وضع تو و مشکلاتت باخبرم. امید به خدا داشته باش. بیا آن‌جا. کارهایت درست می‌شود و آزاد و راحت می‌شوی.»

ـ کی و چطور باید بیایم؟

ـ من کارهایی در شهر دارم. می‌روم و بعدازظهر هنگام تعطیلی

کارخانه بیرون کمی پایین‌تر، نرسیده بـه اولیـن چهارراه، کنـار درخـت خرمای بلند منتظرتم. وسایلت را بردار و بیا. به کسی هم چیزی نگو.

امین پوست‌هایی را که کـریم آورده بـود، تحویـل گرفـت و بـه سـالن دباغی فرستاد و تا ظهر نگران و در تردید بود که برود یا بماند. نمی‌دانست چه کند. دلشوره به دلش افتاده بود و در درونـش می‌پیچید. ظهـر وقـت استراحت به اتاقش در خوابگاه رفت. لحظه‌ها روی تخت‌خوابش نشسـت، دراز کشید. بهه دوستانش ثریا، ایمان، یاسر و خیلی‌ها فکر کرد کـه چنـد سال بود از آن‌ها جدا شده بود و خبر نداشت که چـه شـده‌اند. بـه عنایـت فکر کردکه سال پیش درگذشت. به راجی که آمد و رفت. به یارمحمد. به همه. احساس کرد زندگی رودخانه‌ای‌ست که همه بـا جریـان آن در حـال حرکتند و کسی نمی‌تواند و نمی‌خواهد مخالف جریان شنا کنـد. همـه در تلاشند، می‌روند که زندگی‌شان را بسازند. اگر کسی حرکـت نکنـد، عقـب می‌ماند و می‌میرد، همان‌طور که او و دیگران عقب مانده‌اند.

میل به غذا نداشت. به غذاخوری نرفت. ساعتی همان‌جا دراز کشـید و فکر کرد. تصمیمش را گرفته بود. باید می‌رفت. بلند شد رفت دستشویی و دست و صورتش را شست. به آینه که چشم دوخت، قیافه‌ی خودش را بـا سـبیل و ریـش کم‌پشت و ریـز و کوتـاه و پراکنـده‌ای کـه درآورده بـود، نشناخت. یادش آمد که یارمحمد و خانم آشیما چند بار به او گفته بودنـد که ریش و سبیلش را بتراشد اما چنان گرفتار مسائل کار و کارخانه بـود که توجه نکرده بود. دوباره به صورتش خیره شد. نمی‌توانست خـودش را بشناسد. ترسید. در آن مدت هرگز این‌طور به صورت خودش دقیق نشده بود. ترس و دلشوره تمام وجودش را فراگرفت. زنـدگی تنهـایی، غربـت و مسائل این سـال‌ها او را بسـیار رنـج داده بـود. از لحظـه‌ای کـه خـود را و تنهایی‌اش را فهمیده بود، گرفتار ترس شده بود. ترس از دیگران، تـرس از زندگی، ترس از بی‌کسی و آوارگی، ترس از غم غربت که از لحظه‌ای که از مادر و خانه‌شان جدا شده بود، بر دلش نشسته بود و درونش را می‌خـورد. دلش می‌خواست می‌توانست برگـردد دوبـاره مـادر و خـواهر و بـرادرش و

خانه‌ی کوچک گلی‌شان را ببیند و درونش لحظه‌ای آسوده بخوابد. آسودگی‌ای که او هرگز نداشت. چشم از آینه گرفت. به اتاقشان برگشت. زیپ کیف‌دستی کوچکی را که داشت، باز کرد. مقداری مجله و کتاب که راجی داده بود با یک گوشی موبایل که یارمحمد برایش آورده بود و لباس‌هایش را با مسواک و خمیردندان و حوله درون کیفش گذاشت. دست به کمرش، به جیبی که پایین کمر شلوارش دوخته بود، زد، پس‌اندازش سر جایش بود. نگاهی به اتاق و تخت‌خواب خود و تخت‌خوابی که عنایت و راجی روی آن می‌خوابیدند، انداخت. با خود گفت *باید این‌جا را و آن‌ها را فراموش کنم. این مرحله‌ای از زندگی من بود که تمام شد. باید بروم سرنوشت و زندگی‌ام را بسازم.* دستی به در کشید و نگاهی به اطراف اتاق گرداند و بیرون آمد. یکراست به سالن آخر رفت.

خانم آشیما مشغول نوشیدن چای بود. او را که دید، نگاهی به کیفش انداخت و لبخندی زد و گفت: «داری می‌روی؟»

ـ بله.

ـ بیا بنشین فنجانی چای بنوش و بگو کجا می‌روی؟

ـ آمالش که متوجه او شده بود، آمد و نزد آن‌ها نشست. خانم آشیما از فلاسکش برای او هم چای ریخت. او ماجرای کمک یارمحمد و آمدن کریم و صحبتش با آقای کومار را تعریف کرد و گفت: «کریم کار مناسبی با حقوق خوب در دامپروری‌ای که خارج از شهر "خلف" نزدیک رودخانه‌ی آندایم است به او داده. امروز عصر نزدیک اولین چهارراه کنار درخت خرمای بلند منتظرم است که همراه او بروم.»

خانم آشیما کمی متغیر شد و فکر کرد و گفت: «امین، اصلاً دوست ندارم از تو خداحافظی کنم. می‌دانم و قبول دارم که باید به دنبال زندگی‌ات بروی، اما مطمئنی می‌توانی آن‌جا کار کنی؟»

ـ بله.

ـ خب، پس امیدوارم موفق شوی. بدان ما دوست تو هستیم و هر کمکی خواستی برایت انجام می‌دهیم. آن‌جا مراقب باش که گرفتار

آدم‌های بد نشوی. اگر دیدی نمی‌توانی، برگرد. ما کمکت می‌کنیم.

آمالش گفت: «خوب می‌کنی می‌روی. شماره موبایل من و خانم آشیما را داری. همیشه با ما تماس بگیر. می‌دانی که من هم از این‌جا خواهم رفت. منتظر کشتی‌ای هستم که در حال تعمیر است. سال آینده یا سال بعد که آمد، خبرت می‌کنم که با ما بیایی. آن‌وقت می‌توانی در هر کشوری که می‌رویم، پناهنده شوی.»

خانم آشیما پرسید: «حالا چطور می‌خواهی از کارخانه خارج شوی؟»

ـ نمی‌دانم. منتظرم تا موقعیت خوبی پیش بیاید.

آمالش گفت: «من با ماشین باری کارخانه می‌برمش.»

ـ چطور؟

ـ هروقت آماده شد، پشت کامیون میان بارها می‌نشیند و من می‌برمش.

ـ کی می‌خواهی بروی؟

ـ یک ساعت دیگر.

ـ خب برو یک ساعت دیگر بیا این‌جا. کیفت را هم همین‌جا بگذار.

بلند شد و رفت. یک ساعت دیگر که نزدیک تعطیلی کارخانه بود و کارهایش را انجام داده و دفترش را بسته بود، آمد. از خانم آشیما و دیگران تشکر و خداحافظی کرد. آمالش او را پشت کامیون میان پوست‌ها نشاند و کامیون را راه انداخت و از کارخانه خارج شد. بعد از خروج از کارخانه، او را نزدیک چهارراه کنار درخت خرمای بلندی که وانت دوکابین کریم ایستاده بود پیاده کرد و هنگام خداحافظی گفت: «یادت نرود با ما در تماس باش.»

او گفت: «حتماً.»

کریم که منتظر او بود، با سوار شدنش وانت را روشن کرد و راه افتاد و او به سوی سرنوشت تازه‌اش رفت.

## ۱۱

بهار گذشته بود و رود اندام همچنان باصدا و خروشان جاری بود. کنار تیرک سکوی اصطبل اسب‌ها نشسته بود و چشم دوخته به دشت، گوش به صدای خروشان رود داده بود و به جریان زندگی‌اش فکر می‌کرد. احساس می‌کرد به مرحله‌ای رسیده که باید به خیلی چیزها پاسخ دهد. صدای پای اسب‌ها که از جاده‌ی فرعی نزدیک می‌گذشتند، گذر زندگی را برای او تداعی می‌کردند؛ انگار می‌گفتند که باز وقت رفتن است.

نزدیک پنج سال بود که نزد کریم در دامپروری کار می‌کرد. او در آن دامپروری بزرگ کنار رود در دشت نسبتاً سبز رو به کوه و دریا زندگی آسوده‌ای یافته بود. محیط آرام، غذای خوب، کار با همکاران مهربانی که در کار تربیت اسب و پرورش گاو و گوسفند بودند، به روح و جان او آرامش داده بود. بلندقد و سینه‌ستبر و قوی‌پنجه شده بود. صبح‌ها در کارِ دفتر و آمار دام‌ها بود و عصرها با اسب جوان و کهری که برای خود انتخاب کرده بود، سواره میان دشت می‌گشت. کار چوپانان و اسبداران را در آخورهای مختلف و بزرگ کنترل می‌کرد. داشتن این کار و آرامش در آن چند سال را مدیون کریم بود.

روزی که از کارخانه خارج شد و با کریم به دامپروری آمد، بـرای چنـد روز کریم از او چیزی نپرسید و کاری به او محـول نکـرد. اتـاقی کوچک و

مناسب با سرویس تمیز، نزدیک محل زندگی خود و دیگر کارکنان به او داد و از او خواست چند روزی استراحت کند. بعد از گذشت حدود یک هفته، او را به دفتر اداری دامپروری برد و گفت امین فامیلش است و این‌جا زیر دست او کار خواهد کرد. بهانه‌اش هم برای مدیر دامپروری این بود که پیر و ناتوان شده و به کمک دستیار جوانی احتیاج دارد. مدیر دامپروری و دیگر کارکنان احترام و حرمت کریم را داشتند. چیزی نگفتند و بر اساس کارت شناسایی‌ای که امین داشت، برایش کارت استخدامی صادر کردند و گفتند بعد از دو تا سه سال مجوز رسمی اجازه‌ی کار و سکونت در آن کشور را برایش می‌گیرند و از آن روز او زیر دست کریم به کار مشغول شد. کریم تا مدتی هرگز از او و از زندگی و گذشته‌اش و آنچه که از سر گذرانده بود نپرسید.

بعد از گذشت چند ماه، یک روز عصر که ساعت فراغت و استراحت بود، آمد کنار او در ایوان مقابل خانه‌اش نشست و چشم به صورت او دوخت و از حال و روزش پرسید. امین تشکر کرد و گفت که از کارش راضی است و حقوق خوب و آرامشی را که در آن‌جا یافته، مدیون کریم است.

کریم گفت: «روزی که یارمحمد زنگ زد و از تو و گذشته و تنهایی و بی‌کسی تو گفت، غم کهنه‌ی عمرم دوباره تازه شد. فهمیدم که اسیر همان جریانی هستی که من بودم. می‌دانی من را هم مثل تو فروخته بودند. منتها در سنی بزرگ‌تر. یازده یا دوازده‌ساله بودم که یک روز عصر از دشت، از میان گوسفندها که به چرا برده بودم، صدایم زدند و به دست مردی که نمی‌شناختم سپردند و او مرا که گریه و ناله و بی‌تابی می‌کردم، با طناب بست، پشت ماشین انداخت و به فریادهای من که مادرم را صدا می‌زدم و عمویم را می‌خواندم، پاسخ نداد؛ جز یک کلمه که عمویت تو را فروخته. او مرا به پاکستان و از آن‌جا به بلوچستان ایران و از آن‌جا با تعدادی از کودکان هم‌سن یا کوچک‌تر و بزرگ‌تر از من به رأس‌الخیمه آورد. آن‌جا ما را تقسیم کردند. دختران را با پسران کوچک و خوش‌سیما به جای دیگری بردند و فروختند. پسران بزرگ و قوی را برای کار در کشتی و کارخانه

بردند. مرا و چند تن دیگر را مدتی به کار در محلی بد بردند که هرگز اسم و نوع کارشان را نفهمیدم. جای ناسالمی بود و برای من که سنی نداشتم و دنیا را ندیده بودم و اطلاعی از مسائل دنیا و زندگی در شهر و مسائل عیش و عشرت نداشتم، ناآشنا و هوایش آزاردهنده بود. آن‌جا خیلی آزار دیدم. چندین بار از دست کسانی که قصد تجاوز داشتند گریختم و در آخرین باری که بسیار کتک خورده بودم، از پنجره خودم را به بیرون انداختم. با وجود زخمی شدن دست و پایم، به وسط خیابان دویدم. اتومبیل بزرگی که مال یک شیخ محترم و مهربان بود، مرا زیر گرفت. خطا از من بود، چون ناگهان به وسط خیابان پریده بودم. وقتی اتومبیل با من برخورد، نفهمیدم چه شد. در بیمارستان به‌هوش آمدم. بعدها راننده‌ی شیخ تعریف کرد بعد از برخورد با من از اتومبیل که پیاده شده بود، مرا لخت با سر زخمی و بیهوش وسط جاده دیده بود. به شیخ جریان را اطلاع داده بود و او خواسته بود مرا به بیمارستان ببرند. بعد از مداوا در بیمارستان، مرا به خانه‌ی شیخ بردند. مدتی آن‌جا کار کردم. او که از سرگذشت من آگاه شده بود و فهمیده بود در ولایت خودمان چوپانی می‌کردم، مرا به این‌جا، به این دامپروری که مال اوست فرستاد و من از آن روز این‌جا مشغول کار هستم. ازدواج کردم و صاحب فرزند شدم. آن‌ها که بزرگ شدند، برای ادامه‌ی تحصل به خارج رفتند. دخترم به انگلستان و پسرم به امریکا رفت. حالا کنار زنم در این‌جا زندگی راحتی دارم، اما غم غربت و ترس و تنهایی و بی‌کسی از آن روز که آن مرد دستم را گرفت و مرا از خانه و خانواده‌ام جدا کرد، همچنان با من است و درونم را می‌خورد. همیشه آرزو داشتم می‌رفتم و می‌دیدم چه بر سر مادر و خواهر و خانواده‌ام آمد. خانه‌مان چه شده؟ آرزو دارم یک بار هم شده دوباره خانه‌مان، مادرم، و فامیلم را ببینم. دوباره در آن کوچه‌های خاکی بدوم و در صحرا دوستانم را صدا بزنم، اما نشده. زمان گذشته و من دیگر پیر شدم اما هنوز هم امیدوارم. روزی که یارمحمد از غم و درد بی‌کسی تو گفت، حال و روز خودم در آن سال‌های تنهایی و بی‌کسی جلوی چشمم آمد. فهمیدم که مرا شیخ و آدم‌های فهمیده‌ای که

کنارش بودند نجات دادند. من هم باید تـو را نجـات مـی‌دادم، امـا از تنهـا نشسـتن تـو در این‌جـا روی ایـوان کنـار تیـرک و دوخـتن نگاهـت بـه دوردست‌ها، می‌فهمم غمت چیست. می‌دانم کـه مـی‌خـواهی بـروی. کمـی صبر کن تا اجازه‌ی کار و اقامتت را بگیری. بعد مـی‌تـوانی یک ماه مرخصـی بگیری و بروی. شاید هم به همت تو من هم همراهت آمدم.»

اکنون از آن عصر سال‌ها گذشته بود. در طول آن سال‌ها بـا دوسـتانش، انسان‌های مهربانی که کمکش کرده بودنـد، در ارتبـاط بـود. خـانم آشـیما بهادرورتی به هندوستان بازگشته بود و هرچندگاه برای او نامه‌ای می‌نوشت و کارت‌پستال می‌فرستاد و در آخرین نامه‌اش نوشته و خواسته بود که اگـر قصد ادامه‌ی تحصیل دارد، به بنارس هندوستان نزد او بیاید. او با دوستانی که دارد، به او کمک و راهنمایی مـی‌کننـد کـه درس بخوانـد و بـه دانشـگاه برود. آمالش به کار در کشتی بازگشته بود و همچنان بـا او تماس داشـت و گفته بود هر وقت بخواهد می‌تواند برای کار به کشتی آن‌ها برود. یارمحمـد ازدواج کرده بود و زنـدگی خـوب و خوشـی در شـهر داشـت و از دوسـتان قدیمی‌اش در سفری که سه ماه پیش همراه با کریم به رأس‌الخیمه داشت، باخبر شده بود.


ماه اول بهار بود و هوا خوش که یک روز کریم به او خبر داد کـه بـه او مأموریت داده‌اند چند اسب را به خضب در مسندم رأس‌الخیمه ببرد. گفـت برای کمک باید همراهش باشد. از شنیدن سفر به خضب در رأس‌الخیمـه خیلی خوشحال شد. دو روز بعد، همـراه بـا کـریم و یک کـارگر دیگـر بـا کامیون مخصوص حمل اسب‌ها راهی خضب شدند. سفر در آن وقت سـال از جاده‌ی کنار ساحل از خلف تا مسقط و از آن‌جا تـا خضـب دو روز طـول کشید. کامیون به‌خاطر اسب‌ها آرام و بـا سـرعت پـایین مـی‌رفت و در هر شهری ساعتی توقف مـی‌کرد. توقف در هر شهر و بندر برای او فرصتی بـود که شهرها و بندرهایی را که هرگز ندیده بود، خوب ببیند و تماشا کند و از کریم و راننده در مـورد شـهرها و زنـدگی در آن‌جاهـا بپرسـد. شب را از

مسقط ماندند و عصر روز بعد به خضب رسیدند. بعد از تحویل اسب‌ها، برای قدردانی از آن‌ها خواستند که تا بازگشت در خانه و باغ نسبتاً بزرگی که تعیین کرده بودند بمانند و مهمان باشند و استراحت کنند و یکی از افراد آن‌جا را با راننده و اتومبیل مأمور کردند که آن‌ها را به گردش در خضب ببرد. شامگاه گردش و امکان خرید خوبی بود. او از دیدن کشتی‌ها و قایق‌های فراوان در بندر و از گردش در پاساژها و تماشای ویترین مغازه‌ها دچار شگفتی و شعف شده بود. مدام از کریم و راهنمای جوان همراهشان از چگونگی مغازه‌ها و مسائل شهر و آن‌همه کشتی و قایق می‌پرسید. آن‌ها توضیح کافی می‌دادند. در یک مورد راهنمای جوان گفت: «اگر دبی را ببینی چه خواهی کرد؟ این‌جا در برابر آن روستا هم نیست.»

کریم گفت: «من عکس و فیلم زیادی از شارجه و دبی دیده‌ام اما دنبال فرصتی هستم که سفری به آن‌جا بکنم.»

راهنمای جوان گفت: «اگر بخواهید می‌توانید بروید. چندان فاصله‌ای نیست. نصف روز راه است.»

کریم گفت: «ما پاسپورت همراه‌مان نیست.»

راهنمای جوان گفت: «هیچ توجهی به این مسائل نیست. رفت‌وآمد آزاد است. مگر این‌که پلیس برای کنترل بخواهد پاسپورت و کارت شناسایی کسی را که به او مشکوک شده ببیند.»

ـ نه، ما چندان خوش‌شانس نیستیم. آمدیم از ما خواستند و ما نداشتیم. نه.

راهنمای جوان گفت: «شاید این‌جا هم خواستند، اما نترسید. این‌جا افراد جناب شیخ هستند. کمک می‌کنند و می‌گویند که برای چه کاری به این‌جا آمده‌ایم.»

شب بعد از شام، هنگام قدم زدن در هوای خنک شبانگاهی، امین از راهنمای جوان در مورد شیخ حنیف پرسید. راهنمای جوان گفت: «جناب حنیف همین نزدیکی‌ها منزل و باغ بزرگی دارند. خانواده‌شان آن‌جا هستند. من با یکی از افرادش به‌نام مظفر که اهل افغانستان است و بیشتر

در خدمت خانم جوان حنیف که او هم افغانی است، دوست هستم.»

امین با شنیدن اسم مظفر ایستاد. کمی درنگ کرد. نام مظفر برایش آشنا بود. یاد پسری را که وردست یاسر بود، تداعی می‌کرد. خاطرش آمد مظفر هم همراه یاسر و حامد و ایمان با کشتی حنیف که رخساره هم در آن بود رفت. راهنمای جوان از به فکر فرو رفتن امین متعجب شد. پرسید: «مظفر را می‌شناسید؟»

امین گفت: «بله، با هم در یک کمپ بودیم. خیلی دلم می‌خواهد ببینمش.»

راهنمای جوان گفت: «مسئله‌ای نیست. من تلفنش را دارم. فردا صبح زنگ می‌زنم می‌رویم و می‌بینیمش.»

صبح روز بعد همراه با راهنمای جوان به دیدن مظفر رفت. مظفر برعکس او چندان قد نکشیده بود. بسیار چاق و فربه شده بود. مثل گذشته، آن روزها که در کمپ بودند، آهسته و بریده‌بریده صحبت می‌کرد. در حیاط منزل حنیف منتظر آن‌ها بود. تا او را دید شناخت. لحظه‌ای ایستاد، تماشایش کرد و بعد دستانش را گشود و او را در آغوش گرفت. بغضش ترکید و گریه‌اش گرفت. درحالی‌که به او تعارف می‌کرد در صندلی‌های راحتی زیر سایبان کنار حوض بنشیند، گفت: «امین چطوری؟ ماشاالله چقدر بزرگ شده‌ای؟ کجا هستی؟ چه‌کار می‌کنی؟»

امین گفت: «خوبم، تو چطوری؟ ماشاالله تو هم خیلی عوض شده‌ای.»

ـ خب خیلی از آن روزها می‌گذرد. بزرگ و بالغ شده‌ایم. خیلی خوشحالم که می‌بینمت. پایت چطور است؟ یادم است تو و ایمان در کوه مانده بودید و پای تو شکسته بود. با چه زحمتی تو را پایین آوردیم.

ـ پایم خوب شده، بد جوش خورده اما راحتم. بگو تو چطوری؟ این‌جا چه می‌کنی؟ از بچه‌های دیگر چه خبر؟

ـ من خوبم. این‌جا در خانه‌ی جناب شیخ حنیف هستم. بعد از این‌که از کمپ به این‌جا آمدیم، مدتی خدمه‌ی قایق جناب حنیف بودم. بعد رخساره‌خانم خواستند که من در منزل در خدمت‌شان باشم.

ـ رخساره؟

ـ بله، رخساره‌خانم الان خانم جناب شیخ حنیف هستند. سه‌تا بچـه از ایشان دارند. به ایشان اطلاع داده‌ام که شما می‌آیید. خیلی دوست داشتند شما را ببینند. گفتند اگر فرصت کردند، می‌آیند و حال‌تان را می‌پرسند.

ـ شیخ حنیف هم این‌جا هستند؟

ـ نه، این‌جا خانه‌ی سوم جناب شیخ است. جناب شیخ حنیـف الان در مسقط نزد خانم اول‌شان تشریف دارند. یک خانه هـم در منطقـه‌ی دیگـر حضب دارند که خانم دیگرشان آن‌جا هستند. در ماه یک هفته به این‌جا تشریف می‌آورند. بگو ببینم تو چه می‌کنی؟ کجا هستی؟

ـ من کار و زندگی‌ام خوب است. در یـک دامپـروری و تربیـت اسـب نزدیک شهر خلف کار می‌کنم. جـای آرام و خـوبی اسـت. شـما را کـه بـا کشتی بردند، روز بعد ما را به خلف آوردنـد و بـه یـک کارخانـه‌ی دباغی فروختند. کار در آن‌جا خیلی سخت بود. به‌خصوص یـک سـال اول خیلـی سختی کشیدیم. محیط بدبو و سمی بود. طفلک عنایت کـه همـراه مـن بود...

ـ عنایت؟

ـ همان پسرِ چاق و کم‌حرف.

ـ خب؟

ـ با هم کار می‌کردیم. هوای محیط سالن‌های دباغی بیمارش کرد.

ـ چه هوایی؟

ـ گازهای سمی، بخار اسیدی و... دست و چشم و صورت و سینه‌ی هر دویمان را زخم کرد. هردو مریض شدیم. اما سینه‌ی عنایت بیشتر آسیـب دیده بود. روزها سرفه می‌کرد و خون بالا می‌آورد تا این‌که مرد و غریـب و گمنام دفنش کردند.

ـ اوف، خدا رحمتش کند.

ـ من هم مدتی مریض بودم. بعد به سالن و قسـمت دیگـری منتقـل شدم. آن‌جا، در آن سالن کارگران و کارمندان هندی بودند. خیلی کمکـم

کردند. مخصوصاً یک خانم هندی، و جوانی هندی به نام راجی کـه بعـداً برای تحصیل به انگلستان رفت به من انگلیسی و حساب و خیلـی چیزهـا یاد داد. کارمند جوان افغانی‌الاصلی در قسمت اداری کارخانه بـود بـه نـام یارمحمد. او خیلی کمکم کرد. مرا به آقای کریم در دامپروری معرفی کرد و من رفتم و آن‌جا مشغول شدم. الان خیلی راحتـم. شـغـل خـوبـی دارم و قصد دارم بروم هندوستان یا استرالیا آن‌جا درس بخوانم، اما قبل از رفـتن می‌خواهم سری به افغانستان بزنم. به خانـه‌مان بـروم، سـری بـه مـادر و خانواده‌ام بزنم، اما نمی‌دانم چطور بروم، چطور خانه‌مان را پیدا کنم؟ فکر می‌کنم ادریس می‌داند.

ـ ادریس؟

ـ بله.

ـ خب تو که می‌خواهی به افغانستان بروی برو نزد یاسر، حامد ، آن‌ها نزد ادریس هستند. با ادریس کار می‌کنند.

ـ با ادریس کار می‌کنند؟!؟

ـ بله.

ـ ایمان کجاست؟

ـ او هم به افغانستان برگشته. می‌خواست شکارچی باشد. یاسر که هـر چند وقت یک بار می‌آید، می‌گفت ایمان را کـم می‌بینـد. شورشـی شـده. گاهی با طالبان است، گاه شکارچی و گاه می‌آید و برای آن‌ها کار می‌کنـد و گاه برای مدتی غیبش می‌زند.

ـ آدرس محل یاسر و حامد یا ادریس را در افغانستان داری؟

ـ فکر می‌کنم داشته باشم. تو کی قصد داری بروی؟

ـ همین روزها.

ـ شما بفرمایید چایی و شیرینی میل کنید. من مـی‌روم آدرس‌شـان را می‌آورم.

مظفر بلند شد و رفت. چند لحظه بعـد رخسـاره درحالی‌کـه نیمـی از صورتش را پوشانده بود، همراه مظفر آمد. بالای پله‌ها ایسـتاد. درحالی‌کـه

مظفر به احترام پشت سرش ایستاده بود، نگاهی بـه او انـداخت و گفت: «خوش آمدی امین. می‌بینم خیلی قد کشیده‌ای و خوب و خوش هستی. مظفر گفت که چه می‌کنی و قصد داری به افغانستان بـروی. رفتـی ببـین وضع چطور است؟ من هم دوست دارم یک سفری به آن‌جا بکنـم. بفرمـا، راحت باش. به مظفر سپرده‌ام که از شما خوب پذیرایی کند. ببخشیدکه نمی‌توانم نـزد شـما بنشینم و صحبت کـنم. رسم این‌جـا را کـه خـوب می‌دانید. بفرمایید. خوشحال شدم کـه دیـدمت. راحـت باشـید. این‌جا را خانه‌ی خودتان بدانید.»

رخساره برگشت و رفت. مظفر آمد. در دستش کاغذی بود کـه نشـانی محل اقامت ادریس و یاسر و حامد را در آن نوشته بود.

کاغذ را جلـوی امـین گذاشـت و گفـت این آدرس و شـماره‌ی تلفـن آن‌هاست.

امین گفت: «از بچه‌های دیگر چه خبر داری؟»

مظفر درحالی‌که نگاهش را با حالـت خاصـی بـه نگـاه او دوختـه بـود، گفت: «مثلاً از کی؟»

ـ از ثریا و دیگران.

ـ می‌دانستم ثریا را خواهی پرسید. چنـد دقیقـه پـیش رخساره‌خانم همین را گفتند.

ـ می‌دانی ثریا کجاست؟ خیلی دلم می‌خواهـد ببینمـش و اگـر بتـوانم ببرمش. او به من خیلی محبت کرده. من به او مدیونم.

مظفر سکوت کرد و نگاهش را به سمت دیگر، به درختان و حوض آب دوخت.

او دوباره پرسید: «از ثریا خبر نداری؟ اطلاع نداری کجاست؟»

ـ چرا اطلاع دارم. ما را به این‌جا آوردند، کشتی آن‌ها به جایی دیگر رفت. آن‌ها را در گروه‌های مختلف تقسـیم کـرده بودنـد. می‌دانـی ثریا و منظر و دیگر دختران بـا تعـدادی از پسـران کوچک عقیم‌شـده در گـروه عشرت بودند. آن‌ها را به شارجه و جاهای دیگر بردند. از منظر خبری نشد.

مثل این‌که در شارجه است اما...

مظفر سکوت کرد.

ـ اما چه؟

ـ من هم شنیده‌ام، دقیق نمی‌دانم. جناب شیخ حنیف به رخساره‌خانم گفته بودند ثریا نخواسته بود بی‌شرافت شـود. چطـور بگـویم کـار عشـرت دادن به مردان غریب را قبول نکرده بود و نخواسته بـود بی‌عصمت شـود. خودش را دار زد و کشت.

ـ دار زد و کشت؟

ـ بله.

با شنیدن جملهٔی آخر مظفر، امین احساس کرد تمام تنش داغ شده و سرش گیج می‌رود و تمام درختان و ساختمان و... دور سرش می‌چرخند. غمی ناآشنا اما گزنده از دلش برخاست. سینه و مغزش را گزید و مثل درد زخمی کهنه و عمیق تمام وجودش را در بر گرفت و لرزاند. به‌حدی ناتوان دستش را روی پیشانی‌اش گذاشت و سرش را خم کرد کـه مظفر نگـران کنارش آمد. راهنمای جوان که همراه او آمده بود و ساکت گوش می‌کـرد، نگران پرسید: «حال‌تان خوب است؟»

امین سری تکان داد و با بغض گفت چیزی نیست. چهره‌ی زیبای ثریا با چشمان روشن و موهای بلوطی‌رنگ با لبخند ملیحی که همیشه به لب داشت و با مهربانی و متانت همیشه او را کنار خود می‌خواند، به یـاد آورد. می‌دانست و باور داشت که ثریا تـن بـه بی‌عصـمتی نمی‌داد، امـا چطـور توانسته بود خودش را بکشد؟ ای‌کاش کنارش بود. ای‌کاش توان داشـت و می‌توانست او را نجات دهد. مگر آن‌ها در این دنیـا چـه کـرده بودنـد کـه گرفتار این‌همه بـلا و سـرگردانی شـدند؟ چرا عـاملان ایـن سـرگردانی و این‌همـه بی‌عصمتی راحـت و آزادنـد؟ سـرش را بلنـد کـرد و بـا دسـت اشک‌هایش را پاک کرد.

مظفر که ناراحت و نگران کنارش ایستاده بود، گفت: «متأسفم. امین رخساره‌خانم می‌خواست خودکشی ثریا را بگوید اما نتوانسـت، می‌دانسـت

که تو چقدر به ثریا وابسته بودی. خیلی متأسفم. نباید این کار را می‌کرد. اما حالا شده. چه می‌توان کرد؟»

ـ حیف به ثریا. ای‌کاش آن روز که تصمیم به فرار گرفته بـودیم و بـا طرح و نقشه‌ی ثریا که می‌خواست بعداً نزد ما بیاید به کوه رفتیم، در کـوه می‌ماندیم و ثریا می‌آمد و فرار می‌کردیم. اما بدشانسـی آوردیـم. افتـادن و آسیب دیدن پای من کار را خراب کرد. حیف.

ـ اگر فرار می‌کردید، کجا می‌رفتید؟ دربه‌در می‌شدید.

ـ ما آن روز دربه‌در شدیم که ما را فروختند و ندانستیم که ما را از مـا گرفتند. ثریا این را می‌دانست. نخواست قبول کند. من هم نخواستم. برای همین از کارخانه گریختم. می‌خواستم قبل از رفتن به استرالیا بروم ثریا را پیدا کنم و با خودم ببرم. افسوس، حیف بر ثریا. باید آن ادریس حـرامزاده را پیدا کنم. از یاسر و حامد در تعجبم که برای ادریس کار می‌کنند.

بلند شد و گفت: «اگر اجازه بدهی من باید بروم.ـ

مظفر بغلش کرد و گفت: «امین، خیلی خوشـحال شـدم کـه دیـدمت. متأسفم که با خبر خودکشـی ثریـا ناراحتـت کـردم. چـه می‌تـوان کـرد؟ سرنوشت او هم این بوده. اگر خواستی بروی افغانستان خبرم کـن. شـماره موبایلم را داری. هر وقت به این‌جا آمدی و کاری داشتی، حتماً زنـگ بـزن باز همدیگر را ببینیم.»

ـ ممنونم، از رخساره‌خانم هم تشکر کن.

با بدرقه‌ی مظفر از خانه‌باغ حنیف خارج شدند. نزد کریم که برگشتند، از سرنوشت ثریا و دیگران با کریم گفت و کریم بسیار متأسف شد. روز بعد به خلف، محل کار و زندگی‌شان در دامپروری بازگشتند.

۱۲


همان‌طور که روی سکو نشسته و به تیرک تکیه داده بود، به اسب‌هایی که از مقابل‌شان می‌گذشتند و به طرف آخور می‌رفتند چشم دوختـه بـود. در دوردست نیز گله‌های گوسفند به طرف محل آخورشان بازمی‌گشتند؛ انگار طبیعت، اسب‌ها و گوسفندها و پرنده‌ها به او می‌گفتند هـر کس بایـد بـه خانه‌اش برگردد. کریم همیشه به او گفته بود گـرگ هـم وقت مـردن بـه زادگاهش، به لانه‌ای که در آن زاده شده، برمی‌گردد امـا او گـرگ نبـود و نمی‌خواست چون همه‌ی حیوانات تابع طبیعت باشد و نمی‌خواست بمیرد. می‌خواست از بی‌کسی و بی‌هویتی دربیاید و برای خودش کسی شـود امـا نمی‌توانست گذشته‌اش را، حسرت درونش را که غم تمام عمرش شده بود، فراموش کند. با رفتن و دیدن مادر، خواهر، برادر، خانه، شهر و ولایت‌شان به آن حسرت جواب می‌داد و آن غم درون را بیرون می‌ریخت؛ غمـی کـه مثل زخمی کهنه وجودش را می‌خورد. بله بایـد می‌رفـت و در افغانسـتان مادر و خواهر و برادرش را می‌دید و اگر هم می‌شـد، آن‌هـا را خـود بـه این‌جا، به دامپروری می‌آورد و یا پول کافی به آن‌ها می‌داد تا راحت باشند و اگر روزی می‌توانست به استرالیا برود و اقامت بگیـرد، آن‌هـا را هـم نـزد خود می‌برد. قرار بود روز بعد صبح زود با کریم راهی افغانستان شوند. دو هفته‌ای مرخصی گرفته بودنـد. کـریم خوشـحال بـود کـه بعد از سـال‌ها

می‌توانست افغانستان را ببیند. می‌خواست به قندهار برود و فامیلش پیدا کند. اما او برعکس کریم نگران برادر و خواهر کوچکش بود. بعد از بازگشت از حضب، به موبایل یاسر که زنگ زد و خودش را معرفی کرد، یاسر برای لحظه‌ای تعجب کرد. باورش نمی‌شد که او امین است. یاسر از خودکشی ثریا باخبر بود و وقتی او از قصد او برای آمدن به افغانستان باخبر شد، نخست گفت: «نه امین، نیا. الان وضع افغانستان خوب نیست. بهتر است بگذاری برای بعد.» اما وقتی اصرار امین را دید گفت: «حتماً از ادریس می‌پرسم که تو را از کجا و کدام ولایت گرفته است.»

دو روز بعد تماس گرفت و گفت: «امین، ادریس گفت تا آن‌جا که در خاطرش است، تو را از بهرامچه در ولسوالی دیشو در هلمند گرفته.»

و اکنون او قصد داشت به بهرامچه در هلمند افغانستان برود.

اما نگران از سفر به افغانستان بود. آفتاب داشت غروب می‌کرد و تیرگی و سیاهی کم‌کم بر سر دشت وکوه و دریا می‌نشست.

**۱۳**

خیلی راحت به افغانستان رسیدند. صبح زود که راه افتادند، هـر دو نگـران بودند و دلشوره داشتند. اگرچه سعی می‌کردند نگرانی‌شان را از هم پنهـان کنند اما نمی‌توانستند. به‌حدی که وقتی به بندر رسیدند، هنگام سوار شدن به لنجی که مقصدش کراچی پاکستان بود، کریم یک لحظه ایستاد. پایش را از روی پله‌ای که گذاشته بـود برداشـت، بـه طـرف او برگشت و گفت: «امین، بیا نرویم. می‌ترسم برویم و یکهو گرفتار شویم.»

امین گفت: «من هم نگرانم، اما باید بروم.»

هر دو چند لحظه با ترس و تردید ایستادند. ضربه‌ی دست ناخدای لنج که آن‌ها را به سوار شدن می‌خواند، بهت و ترس‌شان را به هـم زد. بی‌اراده همراه با او سوار لنج شدند. مسافر زیادی در لنج نبود. جز چند افغانی، تمام مسافران کارگران پاکستانی بودند که به پاکستان برمی‌گشتند. دریـا آرام بود. قایق با تکان کم حرکت می‌کرد. شامگاه بـه کراچـی رسیدند. شـهر و بندر بزرگی که دیدار از آن‌جا برای آن‌ها جالب بود. کریم گفت باید یک روز تمام این‌جا بگردیم و یکی را پیدا کنیم که ما را به افغانستان ببـرد. روز بعد را به گشت‌وگذار در کراچی گذراندند. همان‌طور کـه کـریم گفتـه بود، قصدشان یافتن راهنمای مطلع و مطمئنی بـرای رفتـن بـه افغانستان بود. کریم می‌خواست به شهر خاکریز در قندهار بـرود و او بـه بهرامچـه در

دیشوی هلمند می‌رفت.

مدیر هتلی که در آن بودند، وقتی از قصد آن‌ها برای رفتن به افغانستان مطلع شد، یکی از کسان خود را که راننده‌ی جوان خوش‌اخلاقی بود، برای بردن و برگرداندن آن‌ها مأمور کرد و پول خوبی بابت این کار از آن‌ها گرفت. راننده از مقصد آن‌ها در افغانستان پرسید. وقتی فهمید که قصد آن‌ها رفتن به قندهار و هلمند است، پیشنهاد کرد که از طریق پیشاور به افغانستان بروند. اگرچه راه دور و طولانی می‌شد، اما مطمئن‌تر از نواحی دیگر بود. کریم که قصد داشت پاکستان را بگردد و اگر ممکن شد به کشمیر هم برود، از پیشنهاد راننده‌ی جوان استقبال کرد. صبح روز بعد آن‌ها به طرف پیشاور حرکت کردند. کریم خوشحال بود که در مسیرشان حیدرآباد و روالپیندی را هم خواهند دید، اما او همچنان در فکر خانواده‌اش بود. با خود فکر می‌کرد که اکنون مادرش، خواهر و برادر کوچکش که می‌دانست بزرگ شده‌اند، چطورند؟ خواهرش تهمینه چطور است؟ باید به دیدن او هم برود. مقداری از پس‌اندازش را که برای رفتن به هندوستان و استرالیا جمع کرده بود، با خود آورده بود که به مادرش بدهد. دو روز تمام در راه بودند تا به پیشاور برسند. یک روز تمام طول کشید. در هر شهری برای استراحت توقف می‌کردند؛ به‌خصوص در حیدرآباد و روالپیندی که ساعتی را به گشت‌وگذار گذراندند. روز بعد که وارد افغانستان شدند، از دیدن مردان ریش‌دراز و مسلسل‌به‌دست طالبان، ترس بر دل‌شان نشست. آن‌ها مبلغی حدود صد افغانی برای ورود پرداختند و راننده بی‌تأمل راه قندهار را در پیش گرفت. ساعتی از ظهر گذشته بود که به قندهار رسیدند. کریم قصد داشت در آن چند روز راننده را همراه خود داشته باشد. از امین خواستند پیاده شود و قرار گذاشتند که شش روز دیگر آخر هفته، ساعتی مانده به ظهر، در قندهار، در همان میدانی که پیاده شده، منتظر آن‌ها باشد.

امین کیفش را برداشت و از اتومبیل پیاده شد. شهر و محیط و آدم‌هایی با سر و وضع و لباس‌های نه‌چندان خوب و تمیز برایش غریبه و

ناآشنا بود. خاطرات کودکی از خاطرش رفته بود. جز تصویر گنگ و تیره‌ای از چهره‌ی مادر و خواهرش تهمینه و خانه‌ی کوچک کاهگلی‌شان با حیاط کوچک، چیزی به یادش نمانده بود. احساس می‌کرد هر کودکی را که می‌بیند، شبیه خواهر و برادر کوچکش هستند. پیش از سفر فکر می‌کرد وقتی پا به افغانستان بگذارد، همه را و همه‌جا را خواهد شناخت اما اکنون همه‌جا برایش غریب و ناآشنا بود. خود او غریب‌تر از همه بود. چرا چنین شده بود؟ چه کسانی این غربت و سرگردانی را راه انداختند؟ چرا مردم سرزمینش نمی‌توانند مثل مردم دیگر کشورها قوی و ثروتمند و مستقل و باهویت باشند و او و همه‌ی آن‌هایی که فروخته شدند دیگر فروخته نشوند؟ برای خود کسی باشند و در همه‌جا خود را با قدرت و احترام معرفی کنند؟ با خود می‌گفت وقتی مردمی اسیر اعتقادات گذشته و فقر و بی‌سوادی باشند و نخواهند کمی به وضع خود توجه کنند و آگاه شوند، چگونه می‌توانند از دام و چاه گذشته و فقر بیرون بیایند و هویتی کسب کنند و آزاد باشند؟

کلمه‌ی آزاد را با خشم زیر لب تکرار می‌کرد که اتومبیلی مقابلش ترمز کرد و ایستاد و راننده‌اش با عصبانیت گفت: «حواست کجاست؟»

امین نگاه کرد دید که وسط خیابان ایستاده. عذرخواهی کرد و گفت که آن‌جا غریب است و می‌خواهد به هلمند برود. راننده که متوجه احوال او شده بود، گفت: «خیابان مقابل را بگیر و برو. دو چهارراه پایین‌تر، مقابل توقفگاه، اتومبیل‌هایی که به شهرهای دیگر می‌روند ایستاده‌اند. بپرسی می‌گویند کدام اتوبوس یا مینی‌بوس به کجا می‌رود.»

تشکر کرد و راه افتاد. به توقفگاه اتومبیل‌ها که رسید، مینی‌بوسی را نشان دادند که به هیلمند می‌رفت. راننده‌ی مینی‌بوس پرسید به لشگرگاه می‌روی؟ گفت نه به بهرامچه در دیشو.

ـ دیشو؟

ـ بله.

ـ سر سه‌راهی لشگرگاه و دیشو پیاده‌ات می‌کنم. آن‌جا اتومبیل پیدا

می‌کنی که به بهرامچه برود.

قبـول کـرد. در مینی‌بـوس نشسـت و حـدود سـاعتی منتظر بـود تا مینی‌بوس از مسافر پر شود و حرکت کند. راه ناهموار بود و اطراف بیابانی و خشک. در دوردست مزارع سبزی دیده می‌شدند کـه یکـی از مسـافران گفت مزارع خشخاش هستند، بـرای گـرفتن تریـاک. هرچنـدگاه درختـان خرمایی در مسیر دیده می‌شدند. به هیلمند که رسیدند، سر سـه‌راهی کـه پیاده شد، بسیار خسته بود. اطراف را نگاه کرد. کمـی پاییـن‌تر، سـاختمان کلبه‌ای کوچک با سکو و دو ستون باریک چوبی نزدیک جاده دیده می‌شد. به طرف کلبه رفـت. دو مـرد در سـکوی مقابـل کلبـه کـه قهوخانـه‌ای بـا پنجره‌ای کوچک بود، نشسته بودند و مرد لاغر و کوتاه‌قـد مسـنی داخـل قهوه‌خانه بود که حدس زد صاحب قهوخانه باشد. سلام کرد. آن دو جـواب سلامش را دادند. گفت می‌خواهد به بهرامچه برود. گفتنـد: «مـا بـه دیشـو می‌رویم، بهمرامچه کمی پایین‌تر است. منتظریم که اتوبوس بیاید.» پرسید کی می‌آید؟ گفتند ساعتی دیگر. صاحب قهوه‌خانه آمد و او چای خواسـت. استکان و چای چندان تمیز نبودند، ولی تشنه بود. چای را کـه بیشـتر یـک جوشیده بود، به آب معمولی تـرجیح داد و آن را نوشـید. یکـی از مـردان پرسید: «اهل کجا هستی؟»

گفت: «این‌جا نبوده‌ام. از کودکی از این‌جا رفته‌ام. برگشته‌ام تـا مـادر و خواهرم را در بهرامچه ببینم.»

مرد گفت: «به ایشو که رسیدیم، می‌توانی با وانت و اتومبیل‌هایی که بار می‌برند و می‌آورند به بهرامچه بروی. البته شب را باید در دیشو بمانی.»

ساعتی بعد اتوبوس آمد. نه از آن اتوبوس‌های تزئین‌شده‌ی پاکستانی. اتوبوسی بود با صندلی‌های پاره و گاه شکسـته. سـوار شـدند. بـه دیشـو رسیدند. شهری کوچک با جمعیت کم بـود. بـا دو خیابـان و یـک میـدان مرکزی شلوغ که مرکز اصلی اداری و تجاری و صنعتی شهر بـود. شـب را در یک مهمانخانه گذراند. روز بعد سوار وانت باری‌ای شد که بـه بهرامچـه می‌رفت. راه بهرامچه خاکی و محیط اطرافش دشتی خشک و کم‌آب بـود.

در میانش روستاهای کوچکی با کلبه‌های گلی نه‌چندان آباد دیده می‌شد. کم‌کم کودکی‌اش در ذهنش شکل می‌گرفت و می‌فهمید چرا او را فروخته‌اند. فقر، بله علتش فقر بوده. در بهرامچه که پیاده شد، نمی‌دانست کجا برود و چه بپرسد. نه نام پدرش را می‌دانست نه نام مادرش را و نه فامیل و دوست و آشنایی را می‌شناخت. جز اسم تهمینه خواهرش هیچ اسمی در خاطرش نبود. سرگردان و بی‌هدف در بهرامچه که بیشتر یک ده بزرگ با یک خیابان و کوچه‌های باریک و خاکی و خانه‌های قدیمی کاهگلی بود می‌گشت. گهگاه با مرد و زنی روبه‌رو می‌شد. سلامی می‌کرد و می‌گذشت. در حین گشتن در حاشیه‌ی بهرامچه به کوچه‌ای رسید که کوتاه و بن‌بست و کمی عریض بود، با خانه‌هایی یک‌طبقه با دیوارهای کوتاه، نگاهش را در طول کوچه گرداند. احساس کرد کوچه برایش آشناست. قدم‌هایش را تند کرد. به طرف خانه‌ای با در چوبی کهنه و شکسته و بسته رفت. رنگ در آبی کم‌رنگ، با چند گل‌میخ زنگ‌زده برایش آشنا بود. دست به گل‌میخ‌ها کشید. کودکی‌اش یادش آمد. لحظه‌هایی که دم ظهر یا عصر کنار در تنها یا با خواهرش تهمینه بعد از بازی با بچه‌های همسایه می‌ایستاد و منتظر آمدن مادرش می‌شد. مادر که با رخساری رنجور و خسته ولاغر اما لبخندی پر از محبت بر لب از کار برمی‌گشت و می‌آمد. آن‌ها را با خود به درون خانه‌ی کوچک‌شان می‌برد، در را می‌بست و با کمک تهمینه ناهاری یا شامکی درست می‌کرد. همه کنار هم می‌نشستند و می‌خوردند. شب که می‌شد، ساعتی بعد از شام مادرش فتیله‌ی چراغ گردسوز را پایین می‌کشید و آن را خاموش می‌کرد و همه کنار هم در اتاقی که رختخواب کم اما مهربانی زیاد بود، می‌خوابیدند.

سرش را به در تکیه داد و گریست و چند ضربه به در زد و منتظر شد. فکر کرد مادرش به دم در می‌آید. اگر آمد چه بگوید؟ آیا او را خواهند شناخت؟ چطور خودش را معرفی کند؟ دوباره چند ضربه به در کوبید و منتظر شد، اما صدایی نشنید. کسی در را نگشود. برای سومین بار با ضربه‌های قوی و پرصدا و طولانی کوبید. منتظر شد اما کسی پاسخی نداد

و در را نگشود. اطراف را نگاه کرد. کسی در اطراف نبود. دست بر بالای دیوار نهاد و کمی خود را بالا کشید. نگاهی به حیاط کوچک خانه انداخت. همان حیاط بود. حیاط خانه‌ی کودکی‌اش، اما رهاشده و خلوت. صدایی از پشت سر شنید. برگشت دید پیرزنی دم در خانه‌ی مقابل ایستاده و او را صدا می‌زند. نزدیک رفت زن پرسید: «با آن خانه چه‌کار داری جوان؟»

سلام کرد و گفت: «ببخشید من امین هستم.»

ـ امین؟

ـ بله امین، این‌جا خانه‌ی ماست. خیلی وقت پیش از این‌جا رفتم؛ یعنی مرا بردند. آمده بودم مادر و خواهر و برادرم را ببینم.

پیرزن گفت: «آن خانه خالی‌ست، نسیمه‌خانم خیلی وقت است که فوت کرده است.»

یادش آمد اسم مادرش نسیمه بوده.

ـ فوت کرده؟

ـ بله.

ـ بچه‌هایش چه؟

ـ نمی‌دانم.

ـ من پسرش هستم.

ـ کدام پسرش؟

ـ امین. مادرم مرا سال‌ها پیش به دیگران داد.

ـ هان یادم آمد. فهمیدم. پسر مرا هم شوهرم فروخت. پس تو امین هستی. چطور زنده مانده‌ای؟ آخر می‌گفتند بچه را که می‌خرند می‌برند می‌کشند دل و جگرشان را می‌فروشند.

ـ نه همه را.

ـ پس می‌گویی عزت پسر من زنده است؟

ـ حتماً.

پیرزن که گریه‌اش گرفته بود، گفت: «ببینم تو چطور زنده مانده‌ای؟ کجا بوده‌ای؟ عزت را دیده‌ای؟»

امین چهره و قیافه‌ی عزت پسری که هم‌بازی او بود، یادش آمــد. پــس عزت را هم فروخته‌اند. پیرزن که غم پسرش دوبــاره در دلــش زنــده شــده بود، پرسید: «از عزت خبر داری؟»

امین نخواست دل پیرزن را بشکند. گفت: «نه، او به جای دور رفته امـا خواهد آمد.»

ـ پس نمرده؟ یعنی نکشتنش؟

ـ نه، می‌آید. در یک کشور دور است.

ـ خدا را شکر، نگفت کی می‌آید؟

ـ نه نگفت، اما می‌آید. ممکن است بفرمایید مادرم کی فوت کرد؟

ـ گفتم سال پیش در قبرستان پایین دفنش کردند.

ـ خواهر و برادرم چه شدند؟

ـ نمی‌دانم، آن‌ها را بردند.

ـ می‌دانید چه کسی برد؟

ـ نمی‌دانم، شاید تهمیه دخترش بداند.

ـ تهمینه کجاست؟

ـ در دیشوست. زن رحیم‌زاد است. همه او را می‌شناسند.

ـ در دیشو؟

ـ بله، بروی پیدایش می‌کنی.

ـ به این خانه کی می‌رسد؟

ـ تهمینه. او درش را بست و رفت.

ـ الان خانه خالی‌ست.

ـ بله.

ـ می‌توانم ببینمش؟

ـ اگر می‌توانی برو.

امین رفت و دست بر بالای دیوار نهاد و بــالا رفــت و بــه حیــاط پریــد. حیاط همان‌طور بود که از کودکی به یاد داشت. با چند سنگ‌فرش کوچک و دو باغچه برای سبزیکاری و دو بوته‌ی گل سرخ که حالا از بی‌آبی خشک

شده بودند. از پنجره داخل خانه را نگاه کرد؛ خانه‌ی خالی که فقط یک گلیم کهنه و چند تکه وسیله‌ی کهنه و به‌دردنخور داشت. روی پله‌های ورودی خانه رو به حیاط نشست؛ همان‌طور که در کودکی‌اش می‌نشست. ساعتی به دوران کودکی‌اش فکر کرد. به خانه‌ای که در آن بزرگ شده بود، به مادرش که اکنون نبود. دلش گرفت. آرام برای مادرش و غم‌ها و رنج‌های او گریست. اکنون فهمیده بود که چرا مادرش او را فروخت و چه غم و رنجی از فروختن او برده بود. بلند شد. باز گشتی دور حیاط زد. به تمام گوشه‌های آن نگاه کرد. آهی کشید و در را باز کرد و بیرون رفت و در را بست. دیگر در آن خانه کاری نداشت و به آن‌جا هم تعلقی نداشت. نمی‌توانست آن‌جا بماند. بر فرض می‌ماند. چه می‌کرد؟

پیرزن که همچنان دم در ایستاده بود، پرسید: «داری می‌روی؟»

ـ بله، اگر اجازه بفرمایید.

ـ به دیشو می‌روی؟

ـ بله، می‌خواهم خواهرم تهمینه را ببینم.

ـ بروی او را پیدا می‌کنی. کی نزد عزت می‌روی؟

ـ هفته‌ی بعد.

ـ رفتی سلام برسان. بگو مادرت خیلی دلش برایش تنگ شده.

ـ چشم، حتماً می‌گویم.

ـ برو خدا به همراهت.

راه افتاد، با اشکی که همچنان از چشمانش می‌جوشید. پس مادرش هم مثل این پیرزن همچنان به یاد او بوده. آه! ای‌کاش زودتر می‌آمد و مادرش را می‌دید. باید بگردد خواهر و برادر کوچکش را پیدا کند. از چند رهگذر که می‌گذشتند، نشانی قبرستان را پرسید. در خارج از بهمراچه محلی را که سنگ قبرهای ایستاده داشتند، نشان دادند. قبرستان کوچکی بود با تعداد کمی قبر. هرچه گشت قبر مادرش را پیدا نکرد. سنگ قبری به اسم او ندید. نگاهی به اطراف قبرستان انداخت. پایین قبرستان سمت صحرا دو قبر بدون سنگ و نشان بود. به طرف‌ها آن‌ها رفت. ایستاد. روی

یکی چند شاخه گل خشک وحشی بود و تکه‌سنگی صاف که با مداد رویش نوشته بودند: نسیمه.

پس قبر مادرش آن‌جا بود. نشست و درحالی‌که گریه‌اش گرفته بود، شروع به حرف زدن با مادرش کرد. از آنچه بر سرش آمده بود گفت. از آرزویش برای رفتن به هند و استرالیا و از حسرتش که آمده بود او و برادر و خواهر کوچکش را ببیند،. ساعتی همچنان بالای قبر مادرش بود. نمی‌توانست دل بکند اما مجبور بود. بلند شد راه افتاد. به انتهای خیابان ورودی بهرامچه رفت. ایستاد و منتظر شد تا ماشینی که می‌گذرد او را هم سوار کند. بیشتر از یک ساعت کنار راه منتظر بود تا این‌که اتومبیلی که می‌گذشت، مقابلش نگه داشت و راننده اشاره کرد سوار شود. سوار شد. راننده که گویی با وضع آن‌جا بسیار آشنا بود، پرسید: «خیلی وقت است منتظری؟»

گفت: «بله.»

ـ این‌جا رفت‌وآمد کم است. صبح یک مینی‌بوسی می‌آید مسافران را می‌آورد و شب برمی‌گردد.

ـ عجب!

ـ بله، لابد به دیشو می‌روی تا از آن‌جا به لشگرگاه بروی؟

ـ بله.

ـ خب من تا دیشو می‌روم.

ـ ممنونم. من شب را در دیشو خواهم ماند.

ـ پس به لشگرگاه نمی‌روی؟

ـ امشب نه، کاری دارم. باید خواهرم را ببینم.

ـ خواهرت در دیشوست؟

ـ بله، شوهرش جناب رحیم‌زاد است. می‌شناسید؟

ـ اسمش را شنیده‌ام اما از نزدیک او را ندیده‌ام. پس در خانه‌ی ایشان خواهی بود؟

ـ بله.

ـ معلوم است که از اهالی اینجا نیستی، غریبی؟

ـ بله، اما خواهرم اینجا خانه دارد.

ـ بیشتر اهالی از اینجا می‌روند.

ـ کجا؟

ـ به غزنین، کابل و بیشتر بـه پاکسـتان و ایـران. اینجـا کـار نیسـت. زندگی نمی‌چرخد.

ـ شما هم می‌خواهید بروید؟

ـ نه، من خرید و فروش دارم. هر چند وقت می‌آیم چیزهایی می‌خرم و می‌برم.

ـ چه چیزهایی؟

ـ یک چیزهایی!

امین فهمید که نباید بپرسد ولی حدس زد تریاک یا مواد دیگـر اسـت که پشت ماشین با گونی گذاشته. ترسید و ساکت شد و تـا دیشـو برسـند دل تو دلش نبود.

## ۱۴

تهمینه عوض شده بود. چین به چهره‌ی جوانش افتـاده بـود و مریض‌حـال به‌نظر می‌رسید. وقتـی دم در آمـد، او را نشـناخت. پرسـید: «بـا کـی کـار داشتید؟»

امین که تمام شب را با فکر مادرش و تهمینه سپری کرده بود، صبح با کمک مدیر مهمانخانه که رحیم‌زاد شـوهر تهمینه را می‌شناخت . نشـانی منزل  رحیم زاد را داد . هرگز فکر نمی‌کرد خواهرش تهمینه آن‌همه عوض شده باشد، او را نشناسد و غریبه‌اش بداند.

در خانه‌ی تهمینـه و رحیـم‌زاد کوتـاه و قهوه‌ای‌رنـگ بـود. دیوارهـایش آجـری بـود و شـاخه‌ی درخـت مـوی از آن آویـزان بـود. پسـرک شـاگرد مهمانخانه در را که نشان داد، انعـامش را گرفـت و رفـت. امـین مقابـل در ایستاد و نگاهی به اطراف انداخت. لرزشی در وجودش احساس می‌کـرد. از این‌که بعد از سال‌ها خواهرش را می‌دید دچار هیجان شده بـود. دسـت بـر چهارچوب در نهاد و زنگ در را زد و منتظر شد. جوابی نشـیند. دوبـاره در زد. چند لحظه بعد صدای قدم‌هایی را شنید که برای گشودن در می‌آمـد و صدای زنی که می‌پرسید: «کی هستید؟»

در که گشوده شد، تهمینه وسط در نمایان شد. پیراهنی بلند گلی‌رنـگ به تن داشت با روسری آبی‌رنگ که به کهنگی می‌زد. او را که دید، گوشه‌ی

روسری‌اش را مقابل چهره‌اش گرفت و پرسید: «بفرمایید، با کی کار داشتید؟»

امین با صدای گرفته از هیجانی که داشت گفت: «سلام تهمینه، من امین هستم.»

تهمینه نگاهی به صورت او انداخت و باز نشناخت. انگار حرف‌های او را نشنید. دوباره گفت: «ببخشید، چه‌کار داشتید؟»

امین گفت: «تهمینه، من برادرت هستم. برادر کوچکت امین. مرا به یاد نمی‌آوری؟»

تهمینه که نگاهش را همچنان با دقت به صورت او دوخته بود، با تعجب گفت: «امین؟»

ـ بله، امین. من برادرت امین هستم. من را به یاد نمی‌آوری؟

ـ آه امین؟! آه خدای من! تو مگر زنده‌ای؟

ـ معلوم است که زنده‌ام.

ـ نه، باورم نمی‌شود.

ـ چرا باورت نمی‌شود. من امین هستم برادرت، آمده‌ام تو را ببینم.

ـ آخر یکی به مادرم گفته بود که تو را کشته‌اند. مادر از غم کشته شدن تو و عذاب فروختن تو روز و شب نداشت.

ـ کی گفته بود؟

ـ یکی، نمی‌دانم اما شایع بود تمام بچه‌هایی را که خریده و برده‌اند برای فروش اعضای بدن‌شان یا کشته‌اند یا به طالبان فروخته‌اند.

ـ نه، این‌طور نیست.

ـ پس تو تابه‌حال کجا بودی؟ چند روز پیش هم یکی آمده بود و در مورد تو می‌پرسید. من باور نکردم.

ـ مرا به جایی دور برده بودند.

ـ کجا؟

ـ باید تعریف کنم.

ـ بایست نگاهت کنم. وای چقدر بزرگ و عوض شده‌ای، یک مرد

کامل.

ـ من روزهای سختی را گذرانده‌ام اما حالا وضع و کارم خوب است. آمده‌ام شما را ببینم.

ـ خوش آمدی. بفرما بیا تو.

تهمینه کنار کشید و خواست که امین وارد شود. دختر و پسری خردسال در حیاط مشغول بازی بودند. دختر که بزرگ‌تر می‌نمود، شبیه تهمینه بود. مثل او چشمانی روشن و سبز و گیسوانی بلوطی‌رنگ داشت. پسر چشم‌وابرومشکی بود. امین حدس زد باید شبیه پدرش رحیم‌زاد باشد. چهره‌ی رحیم‌زاد چندان در یادش نبود، اما روزی که تهمینه را خرید و عروسی گرفت و شامگاه در اتومبیل کنار خود نشاند و برد، یادش بود. مردی پیر و چاق با چهره‌ای گرد و ریش و موی سپید.

وارد حیاط که شدند، تهمینه برادرش را بغل کرد و گریست. امین هم گریه‌اش گرفته بود. تهمینه گفت: «خبر داری یا نه، مادرمان فوت کرده. ای‌کاش یک سال زودتر می‌آمد تا مادر تو را می‌دید.»

امین گفت: «خبر دارم؟»

ـ از کجا و چطور خبر داری؟

ـ چند روزی است که در افغانستان هستم. شهر و ولایت‌مان را نمی‌شناختم، نمی‌دانستم خانه‌مان کجاست.

ـ چرا نمی‌دانستی؟

ـ تو که می‌دانی، کوچک بودم که رفتم. در سن‌وسالی که مادرم مرا فروخت، نمی‌دانستم ولایت و شهرمان کجاست؟

تهمینه درحالی‌که از او دعوت می‌کرد تا روی نیمکت چوبی زیر پنجره مقابل باغچه‌ی گل‌ها و جایی که بچه‌ها بازی می‌کردند بنشیند، گفت: «پس چطور فهمیدی؟»

ـ از ادریس مردی که مادر مرا به او فروخت پرسیدم و او با شک و گمان گفت فکر می‌کند در بهرامچه‌ی دیشوی هلمند باشد.

ـ عجب! خدا بکشد آن مرد و مردهای دیگر را که بچه‌ها را آواره و

سربه‌نیست کردند. بنشین تا برایت چای و شیرینی بیاورم. راستی صبحانه میل کرده‌ای؟

ـ بله، خورده‌ام. آمده‌ام که تو را ببینم.

ـ خوش آمدی.

تهمینه دختر و پسرش را صدا کرد و گفت: «بیایید دایی‌تان آمده.» دست دختر و پسرش را گرفت و پیش آورد و گفت: «این سودابه است و این فرهاد.» بچه‌ها شرمگین غریبانه به او می‌نگریستند. تهمینه گفت: «امین برادر کوچک من است. دایی شما. به او سلام کنید.» پسر هاج و واج نگاهش می‌کرد. دختر لبخندی زد و پشت دامن تهمینه مخفی شد. امین روی زانوهایش نشست، هر دو را بغل کرد و بوسید و دستی به نوازش بر سرشان کشید. صدای گرفته‌ی مردی از درون خانه آمد. با بوی تریاکی که در فضا می‌پیچید. امین بوی تریاک را نمی‌شناخت اما چون بوی بد کارخانه‌ی دباغی برایش آزاردهنده بود صدای مردی آمد: «تهمینه کی است کی آمده؟»

تهمینه با ناراحتی سر تکان داد و به داخل خانه رفت و صدای بگومگوی او با مرد به گوش رسید. امین احساس کرد که زندگی تهمینه چندان خوش و بر مدار نیست. بچه‌ها هم به صدای بگومگو گوش تیز کرده بودند. انگار دعوای پدر و مادرشان برایشان آشنا بود. تهمینه بیرون آمد و از امین خواست که تو برود و گفت: «صالح دو سالی است که سکته کرده و فلج است. پزشکان در پاکستان قطع امید کرده‌اند. با تریاک درد و ناتوانی‌اش را جبران می‌کند.»

هوای اتاق دو آلود بود و امین به سرفه افتاد. رحیم‌زاد روی تشکچه‌ای با حال زار به یک ور خوابیده بود و او را نگاه می‌کرد. گفت: «تو کی هستی؟»

تهمینه گفت: «گفتم برادرم است، امین. همان که مادرم فروخت.»

ـ از کجا معلوم برادرت است؟ مگر برادرت زنده است؟ این کی است که به خانه‌ی من آمده؟

تهمینه داد کشید: «گفتم برادرم امین است.»

ـ هان بگو که این معشوق توست. به خدا خبر می‌کنم بیایند تو را ببرند و سنگسار کنند.

ـ ای‌کاش بکنند تا من از دست تو و این زندگی راحت شوم.

ـ باید بکنند. چند روز پیش هم با آن مرد جوان بودی. همان که می‌گویی همسایه و هم‌بازی‌ات در کودکی بوده. الان معشوقت شده. پسر و دخترانم که به دیدنم می‌آیند، گفته‌اند تو را بارها با او دیده‌اند. باید به همه خبر دهم. باید به همه بگویم. بله حتماً می‌گویم که تو فاسد و خائن شده‌ای و به من خیانت می‌کنی. تو را باید سنگسار کنند.

تهمینه که عصبی شده بود و درمانده گریه می‌کرد و از تهمتی که می‌شنید ناراحت و خشمگین بود، با لگد بر در کوفت و فریاد زد: «هان حتماً بگو، بگو که تو پیر و خرفت بودی. مرا با پول خریدی و حالا من بیست‌ودو سالم است تو هشتاد سالت. بگو که ناتوان و بیماری. بگو که عمر مرا تباه کرده‌ای، بگو که مرا مثل برده نگه داشته‌ای تا کثافت‌های تو را بشویم، زیرت را تمیز کنم، بوی کثافتت را تحمل کنم، بچه‌هایت را با فقر بزرگ کنم. بگو لعنت خدا بر تو اگر نگویی، هان بگو تا من از دست تو و این زندگی راحت شوم.»

تهمینه همچنان داد می‌کشید. امین که ناراحتی و زندگی ناملایم و بد خواهرش را می‌دید و حرف‌ها و تهمت‌های ناروای پیرمرد را می‌شنید، دلش می‌خواست گلوی مرد را بگیرد و خفه کند اما چطور می‌توانست این کار را بکند. کمی تأمل کرد، بعد کارت شناسایی و پاسپورتش را درآورد و پیش رفت. مقابل چشمان صالح رحیم‌زاد گرفت و گفت: «آقا من امین هستم. برادر کوچک تهمینه. سال‌هاست که در عمان هستم و کار می‌کنم. آمده‌ام که مادر و خواهر و برادرم را ببینم. گفتند مادرم فوت کرده. برادر و خواهر کوچکم هم نمی‌دانم چه شده‌اند. مدیر مهمانخانه‌ی صفا در همین میدان شما را می‌شناخت. خانه‌تان را نشان داد و من آمدم تا خواهرم تهمینه را ببینم. می‌توانید بپرسید.»

رحیم‌زاد که با دیـدن پاسـپورت و شـنیدن حرف‌هـای امـین انگـار از حرف‌ها و رفتارش پشیمان شده بـود، نگـاهی بـه صـورت امـین انـداخت. چیزی نگفت و سر به زیر افکند. امین برگشت رو به تهمینه کـرد و گفت: «من باید بروم. فقط آمده بودم ببینمت. متأسفم، نمی‌خواستم ناراحتت کنم.»

به طرف در اتاق راه افتاد. رحیم‌زاد سر به زیر افکنده نگاهش می‌کـرد و چیزی نگفت. تهمینه گریان همراه او بیرون آمد. بچه‌ها کنار باغچه کوچک گل‌ها ایستاده  با نگرانی آن‌ها را نگاه می‌کردند. امین به تهمینه اشاره کـرد که بنشیند. کنار هم نشستند. امین از آنچه برسرش آمـده بـود گفـت و از حال‌وروز کنونی‌اش و جایی که کار و زندگی می‌کند تعریف کرد و گفت که قصد دارد برای تحصیل به هندوستان و بعد به استرالیا بـرود. تهمینـه کـه ناراحت و از وضع پیش‌آمده شرمگین بـود، درحالی‌کـه همچنـان اشـک می‌ریخت، مرتب می‌گفت: «ببخش امین، نباید این وضع پیش می‌آمـد. تـو باید مهمان ما می‌شدی و این‌جا می‌ماندی.»

امین گفت: «من فقط آمده بودم ببینمـت. نبایـد ناراحت باشـی، مـن می‌فهمم که وضع زندگی تو چطور است. نترس مـن تنهایـت نمی‌گـذارم. بنشین برای من از خودت، از مادرم بگو. دیروز رفتم به بهرامچـه کوچـه و خانه‌مان را پیدا کردم. خانه خالی بود. زن پیری از خانه‌ی مقابل گفت کـه مادرم سال پیش فوت کرده.»

ـ بله سال پیش فوت کرد. بعد از این‌که برادرمـان عـزت نـزد طالبـان رفت، تنها شد.

ـ خواهرم، خواهر کوچک‌مان چه شده؟ اسمش چه بود؟

ـ فریما.

ـ او چه شده؟ کجاست؟

ـ طفلک فریما زیاد نماند. چند ماه بعد از رفتن تو مریض شـد و مـرد. مادر خیلی غصه‌اش را خورد. عزت هم که رفت، مادر تنها شد و از غصه‌ی تو، من، عزت، فریما بچه‌هایی که با خون جگـر و رنـج بـزرگ کـرده بـود،

مریض شد و مرد. مادرم از وضع زندگی من و مریضی صالح باخبر بود. کم به دیدنم می‌آمد و هر بار که آمده بود ناراحت و نگران برگشته بود و خودش را نفرین و لعنت کرده بود که چرا مرا به این پیرمرد فروخت. همین ناراحتی و غصه‌ها دق‌مرگش کردند. سال گذشته مریض شد و چند روزی در رختخواب بود. من نتوانستم به او برسم. همسایه‌ها از او پرستاری کردند. هرچند روز که به دیدنش می‌رفتم، نگران می‌شد که صالح دعوا خواهد کرد و تهمت خواهد زد چون در این ده ، دوازده  سال که این پیرمرد مرا به این‌جا آورد تا روزی که روی پا بود، نگذاشت از خانه بیرون بروم. جواب هر سؤال مرا با شلاق می‌داد. از دو سال پیش که سکته کرد و به رختخواب افتاد، فقط تهمت و فریادش است. پول کافی دارد اما به من و بچه‌هایم نمی‌دهد. پولش دست پسرش از زن اولش است. او دارو و تریاکش را تهیه می‌کند و هرچندگاه نان و گوشت و میوه، چای و قند و شکر و... می‌آورد. از خدا می‌خواهم که بمیرم و از این زندگی راحت شوم.

امین برای دلگرمی دادن به خواهرش دست تهمینه را فشرد و گفت: «من هرجا باشم از تو و بچه‌هایت حمایت خواهم کرد. نگران نباش. می‌روم. وضعم که ثابت شد، حتماً تو و بچه‌هایت را نزد خودم می‌برم.»

بعد پاکت پولی را که از قبل آماده کرده بود تا به مادرش بدهد، از جیبش درآورد و به تهمینه داد و گفت: «بیا تهمینه. این پولی بود که برای مادرم آورده بودم. حالا مال توست. لطفاً هروقت رفتی سر مزار مادرمان برو و توانستی سنگ مزاری برایش بگیر.»

تهمینه پول را قبول نمی‌کرد. به اصرار امین گرفت و گفت: «خانه‌مان را و زمین پشت خانه را چه کنم؟»

ـ آن‌ها مال توست.

ـ اگر از دست این مرد راحت شوم می‌روم در آن خانه می‌مانم و در همان زمین خشخاش می‌کارم و بچه‌هایم را اداره می‌کنم.

ـ نگران نباش. من کمکت می‌کنم. گفتم وضعم که مشخص و ثابت شد، شما را نزد خودم می‌برم. شماره موبایلم را روی پاکت نوشته‌ام. هر

وقت کاری داشتی حتماً زنگ بزن. خب، بهتر است دیگر بروم. خیلی مراقب خودت باش، من نگرانت هستم.

تهمینه که گریه‌اش گرفته بود، او را بغل کرده و بوسید، درحالی‌که مرتب می‌گفت: «امین ببخش که نتوانستم از تو پذیرایی کنم، شرمنده‌ام.»

امین بچه‌های تهمینه را بوسید و بلند شد و گفت: «ناراحت نباش، من می‌فهمم. حتماً به من زنگ بزن و از وضع خودت بگو. خداحافظ.»

راه افتاد که برود. تهمینه گفت: «راستی امین، چند روز پیش مرد جوانی آمده بود و تو را می‌خواست. وقتی اسم تو را برد، من نشناختم. می‌گفت شنیده است که امین به این‌جا می‌آید. شماره تلفنش را نوشت و داد و گفت اگر آمد بگو با من تماس بگیرد.»

ـ کی بود؟

ـ صبر کن.

تهمینه رفت و تکه‌کاغذی را آورد. شماره موبایل و اسم ایمان روی کاغذ بود. از دیدن اسم ایمان گرمی و امید بر دلش نشست. برگشت از تهمینه تشکر کرد و گفت: «می‌شناسمش، دوستم است.» و با بدرقه‌ی تهمینه و نگاه پر از غم او بیرون آمد و راه افتاد. فهمید که ایمان حتماً نشانی او را از یاسر یا حامد گرفته. دلش از وضع زندگی خواهرش گرفته بود. او هم مثل او فروخته شده بود. برده‌ی ناتوانی که هم بچه آورده بود و هم کلفتی می‌کرد و هم ناسزا می‌شنید. آه چه کسی این وضع را به‌وجود آورد و کی تمام می‌شد. با خود عهد بست که نگذارد تهمینه آن‌همه رنج بکشد.

**۱۵**

ایمان گفته بود که بیرون قهوه‌خانه در میدان مرکزی لشگرگاه منتظرش است. امین لشگرگاه را ندیده بود و نمی‌شناخت، اما شنیده و فهمیده بود که مرکز هلمند و شهری بزرگ‌تر از دیشو و... است. روز پیش که به ایمان زنگ زد، ایمان گفت که چند روزی است در هلمند است و می‌خواهد او را ببیند. قهوه‌خانه در گوشه‌ی غربی میدان قرار داشت. مقابلش دو درخت بلند چنار بود که بر پیاده‌رو و نیمکت‌های دراز چوبی آبی‌رنگی که مقابل قهوه‌خانه قرار داشتند، سایه انداخته بود. شتاب داشت که ایمان را ببیند. دلیل هیجان و شتابش را نمی‌دانست. هر لحظه که به ایمان فکر می‌کرد، یاد آن روزی می‌افتاد که به بهانه‌ی چیدن و آوردن میوه از جنگل پای کوه اما به قصد فرار به کوه رفتند و بعد از افتادن و ترک برداشتن پای چپ او درون غار سنگی نشستند به امید این‌که خستگی در کنند و درد پای او کم شود تا بتوانند از کوه بگذرند. آن‌جا بود که ایمان گفت پدرش شکارچی بوده، او هم می‌خواهد شکارچی شود و با او پیمان برادری بست تا با هم به شکار بروند و آزاد کار کنند. اکنون بعد از گذشت سال‌ها دوباره آن عهد و صمیمیت ایمان را احساس می‌کرد به‌خصوص وقتی از تهمینه شنید که یکی آمده و سراغ او را گرفته و اسم ایمان را روی کاغذ دید، فهمید هنوز آن عهد و پیمان برادری پابرجاست و اکنون او شتاب داشت تا ایمان را

ببیند و باز کنار هم بنشینند و از همه‌چیز بگویند. دلش می‌خواست مثـل آن روز سر به کوه بگذارند، دنبال میوه بگردند و ساعتی فارغ از تمام مسائل و مشکلات به صحبت بنشینند.

مقابل قهوه‌خانه که رسید، دنبال ایمان گشت. مردان جوان و میانسال و پیر زیادی در آمدوشد به درون و بیرون قهوه‌خانه بودند. جمعی هـم بیـرون مقابل قهوه‌خانه ایستاده و مشغول گفتگو بودند. انگار آن‌جا مرکز ارتباطـات و بورس مبادلات تجاری و خرید و فروش و غیره بود. قهوه‌خانه بزرگ بود با در و پنجـره‌ی وسـیع. نگـاهش را بـه اطراف گردانـد امـا ایمـان را ندیـد. همان‌طور که نگاهش را برای یافتن او به اطراف می‌گرداند، صدایی شـبیه صدای ایمان او را خواند: «امین.»

برگشت و مرد جوان مسلح قوی‌هیکلی را با ریش بلنـد دیـد. در لبـاس پشتو شبیه لباس طالبان با جلیقـه‌ی پشـمی سـیاه نشسـته روی نیمکت مقابل پنجره‌ی سمت راست قهوه‌خانه نشسته بود و درحالی‌که لبخنـدی از خوشحالی به لب داشت و دست تکان می‌داد، او را صدا زد و دوباره گفت: «امین.» و از جایش بلند شد و دستانش را برای در آغوش گرفتن او گشود. امین خوشحال او را بغل کرد و درحالی‌که هنوز باورش نشـده بـود، گفت: «ایمان، این تو هستی؟»

ـ معلوم است که خودم هستم. منم ایمان، هنوز مرا نشناختی؟

ـ چقدر عوض شده‌ای؟

ـ تـو هـم عـوض شـده‌ای. اگـر لنگـی پـای چپت نبـود، نمی‌توانسـتم بشناسمت. وقتی از دور می‌آمدی، از طرز راه رفتنـت فهمیـدم کـه خـودت هستی. ماشاالله چقدر بزرگ و عوض شده‌ای.

ـ تو هم همین‌طور.

ـ خب، خیلی سال از آن روزها می‌گذرد. همـه عـوض شـده‌ایم، امـا آن بی‌شرف‌ها عوض نشده‌اند. بیا، بیا بنشین بگو چطوری، چه می‌کنی؟

و درحالی‌که چای سفارش می‌داد، اشاره کرد که بنشیند. بعد از سال‌ها دوباره کنار هم نشستند. ایمان اگرچه از دیدن او بسیار خوشحال بـود، امـا

در درونش خشم و ناراحتی بود که در لحن و صدا و چهره‌اش می‌شد احساس کرد وقتی امین از گذشته گفت، از بردن‌شان به کارخانه‌ی دباغی، مرگ عنایت، فرارش از کارخانه و کارکردن در دامپروری خارج از شهر با کمک یارمحمد و کریم و تحصیل در مدرسه‌ی دهکده‌ی نزدیک دامپروری و قصدش برای رفتن به هندوستان و استرالیا. ایمان که با دقت گوش داده بود، گفت: «پس تو می‌خواهی بروی. پس چرا به این‌جا آمده‌ای؟»

ـ آمده بودم مادر و خواهرم را ببینم.

ـ بله شنیدم.

ـ از کی شنیدی؟ کی به تو گفت من آمده‌ام؟ کی نشانی تهمینه را به تو داد؟

ـ یاسر گفت. چند روز پیش که با او صحبت می‌کردم، گفت که تو به افغانستان آمده‌ای و دنبال یافتن مادر و خانه‌تان هستی و نشانی خانه‌تان را او داد، چون روز قبل به تو گفته بود. من هم که در محل بودم، آمدم، دیدم در خانه‌تان بسته است و کسی آن‌جا نیست. از مردی که از آن حوالی می‌گذشت پرسیدم تو را نشناخت. وقتی خانه‌تان را نشان دادم، گفت که متأسفانه خانمی که صاحب آن خانه بوده یعنی مادر تو فوت کرده و دخترش تهمینه که زن رحیم‌زاد است، در دیشو خانه دارد.

ـ خانه‌ی رحیم‌زاد را چطور پیدا کردی؟

ـ از طالبان پرسیدم. یکی اهل دیشو بود. شناخت گفت که رحیم‌زاد از ماست و در گذشته خیلی به طالبان کمک کرده.

ـ رحیم‌زاد؟!

ـ بله، فکر می‌کردم تو آن‌جا باشی، اما نبودی.

ـ من دیر رسیدم. راننده‌ای که ما را می‌آورد، از راه پیشاور آمد. کریم در قندهار باید به خاکریز می‌رفت. من در قندهار پیاده شدم و به هلمند آمدم. ناآشنا بودم و جایی را نمی‌شناختم. به‌زحمت خودم را به بهرامچه و دیشو رساندم. دیروز که به دیدن خواهرم تهمینه رفتم، او کاغذ تو را به من داد.

ـ شنیده‌ام رحیم‌زاد سکته کرده و مریض است، می‌گویند آدم خوبی هم

نیست.

ـ ای‌کاش فقط سکته کرده بود. پیرمرد بدخلق و شکاک است. بیچاره خواهرم زندگی خوبی ندارد. مادرم با دادن تهمینه به آن مرد زندگی‌اش را تباه کرده.

ـ وقتی سالم بوده در کارهای ناروا دست داشته.

ـ چه کارهای ناروایی؟

ـ در کار قاچاق بوده. با ادریس و دیگران همکاری داشته و الان پسرش کارش را ادامه می‌دهد.

ـ تو این‌ها را از کجا می‌دانی؟ چند وقت است که در افغانستان هستی؟

ـ از سه سال پیش، آن روز صبح که ما را سوار قایق حنیف کردند، نخست به شهر بندری خلف راندند. در راه ادریس گفت که تو و تعداد کمی را که در محل کمپ مانده‌اید، روز بعد برای کار در کارخانه به خلف خواهند آورد و به همین منظور او در خلف پیاده خواهد شد.

ـ در خلف که قایق را نگه داشتند، با حنیف صحبت کرد و از ما خداحافظی کرد و رفت و ما یکراست به رأس‌الخیمه رفتیم. البته قایق ثریا و دیگر بچه‌ها از ما جدا شد و به شارجه و جایی دیگر رفت. فکر می‌کنم از سرنوشت ثریا هم باخبر باشی؟

ـ بله شنیده‌ام.

ـ مظفر به تو گفته؟

ـ بله.

ـ به یاسر هم زنگ زده و گفته بود که تو به دیدنش رفته‌ای و قصد داری به افغانستان بیایی.

ـ پس مظفر با یاسر در تماس است؟

ـ بله، همه‌ی افراد حنیف باید هر روز گزارش بدهند چه بوده و چه کرده‌اند.

ـ تو هم با حنیف کار می‌کنی؟

ـ نه، من سه سال پیش از حنیف جدا شدم. حنیف آدم سالم و خوبی

نیست. کار کردن برای او لعنت دارد. من در آن مدت که به‌اجبار برای او کار می‌کردم خیلی رنج کشیدم، خیلی. روزی که ثریا خودکشی کرد، من در شارجه بودم. نمی‌دانم چطور و به چه سبب خودش را کشت، اما دختر متفاوت و باشرفی بود. حتی ادریس حرامزاده هم برای رفتار و شخصیتش احترام قائل بود. من در رأس‌الخیمه، شارجه، دبی و خیلی جاهای دیگر حراج دختران و پسران را برای عشرت دیدم. من شاهد زجر و رنج خیلی از پسرهای عقیم‌شده و دختران تازه‌بالغ بودم که پس از فروخته شدن برای عشرت چقدر گریه می‌کردند. من زنان و دختران افغانی و بلوچ و ایرانی را دیدم که فروخته می‌شدند و خودفروشی می‌کردند. در همان روزها بود که پسری به نام ایلاد که از اهالی آذربایجان ایران بود، با چاقو به حنیف و ادریس حمله کرد. حنیف فقط بازویش زخمی شد، اما شکم ادریس را درید.

ـ شکم ادریس را درید؟

ـ بله.

ـ بعد چه شد؟

ـ هیچ، پلیس پسره را گرفت و برد. ادریس و حنیف را هم به بیمارستان بردند. حنیف بعد از درمان بازویش زود به رأس‌الخیمه برگشت اما ادریس یک ماهی در بیمارستان بود و هنوز هم ناراحت است. می‌گویند روده‌اش که بریده شده درمان نشده و الان از شکمش می‌رینند. به اتاقش بروی بوی گند می‌دهد. ضعیف و رنگ‌پریده و مردنی شده. امیدوارم روزی از دهانش برینند.

ـ پس الان هم مریض است؟

ـ بله، برای همین حنیف یاسر و حامد را زیر دستش قرار داده تا کار او را یاد بگیرند، چون می‌خواهد یاسر را به‌جای ادریس بگذارد.

ـ یاسر این‌همه پست شده؟

ـ از اول پست بود. حامد هم مثل اوست.

ـ تو چه می‌کنی؟

ـ تو خوب می‌دانی. من از اول به دنبال راهی بودم که خـودم را از قیـد کار برای آن‌ها خلاص کنم تا این‌که بهانه را حنیف خودش بـه دسـتم داد. یک روز صدایم کرد و گفت: «می‌خواهم به محل کمپ بروی. آن‌جا بمانی و در وقت مناسب برایم عقاب و... بگیری. گفتم چشم. نمی‌توانسـتم مخالفت کنم و نمی‌خواستم درگیر شوم. به محل کمپ آمـدم. مـدتی آن‌جا بـودم. چند قوش و یک جغد گرفتم. آن‌جا همچنان خالی بود تا این‌کـه یـک روز ادریس با چند قایق پر از بچه‌های مظلومی که خریده بود، آمد. دیـدم کـه یاسر و حامد جزو نگهبانانش شده‌اند. خیلی پستی بود. خـونم را خـوردم و چیزی نگفتم. دنبال تو بودم که ببینم چـه می‌کنـی و خبـر ثریـا را بـه تو بدهم. با مردی که با قایق مواد غذایی و غیـره بـه کمـپ مـی‌آورد، آشـنا و دوست شده بودم. یک روز خواستم که مرا همراه خود به خلف ببرد. قبـول کرد. به خلف آمدم. به کارخانه‌ی دباغی رفتم، دربـاره‌ی تو پرسـیدم گفتنـد که از آن‌جا رفته‌ای اما نگفتند کجـا. فهمیـدم کـه فـرار کـرده‌ای و خیـلی خوشحال شدم. به کمپ برگشتم. چند ماه بعد با یکی از قایق‌ها کـه بـرای ادریس بار آورده بود و به پاکستان برمی‌گشـت، بـه پاکسـتان آمـدم. البتـه ادریس نفهمید و از آن‌جا به افغانستان آمدم. مدتی آزاد بودم. وقتی شنیدم مادرم مرده...

ـ مادرت مرده؟

ـ بله، همراه با شوهرش در انفجار سرراهی که طالبـان گذاشـته بودنـد، کشته شده. دنبال پسرش، برادر ناتنی‌ام گشتم. گفتند طالب‌ها او را خریده و برده‌اند.

ـ از کجا فهمیدی؟

ـ فامیل‌مان برایم گفت.

ـ بعد چه کردی؟

ـ می‌بینی چه کرده‌ام. برای پیدا کردن برادرم، قاتـل مـادرم و در امـان ماندن از دست حنیف و ادریس که الان فهمیده‌ام با طالب‌ها کار می‌کننـد، طالب شده‌ام.

ـ طالب شده‌ای؟

ـ بله، برای گرفتن انتقام و شناختن این‌ها. بالاخره یکی باید جلوی این‌ها بایستد.

ـ چطور؟

ـ هرچیزی باید از درون منفجر و نابود شود. من طالب نیستم و از این‌ها نفرت دارم. تو مرا بهتر می‌شناسی، من همان ایمان هستم اما مثل همه، مثل آن بالاسری‌ها که نقشه می‌کشند، من هم نقشه‌ی خودم را دارم. در چند ماهی که در غزنین و لنگرها بودم، همه می‌دانستند که مثل پدرم شکارچی شده‌ام. گاه شکارم را به طالب‌ها می‌دادم. با آن‌ها دوست و صمیمی شده بودم. یک روز یکی از بزرگ‌های طالب، مرا که دید، گفت بیا طالب شو. گفتم من شکارچی هستم، فردی آزادم. گفت هم شکارچی آزاد باش هم طالب و من قبول کردم. الان در لباس طالب هستم.

ـ هم شکارچی هستی و هم طالب؟

ـ بله، درجه‌ی بالا دارم و می‌توانم آزاد اسلحه‌ام را با خودم هر جا ببرم و اسلحه و فشنگ به‌قدر کفایت از طالب‌ها بگیرم و بمب!

ـ بمب؟

ـ بله، اما من مخالف بمب هستم.

ـ می‌خواهی بالاخره چه‌کار کنی؟

ـ انتقام. از خیلی‌ها می‌خواهم انتقام بگیرم. از حنیف و ادریس و دارودسته‌ی خائنش، آن امریکایی و انگلیسی، و یاسر و... و از طالب‌ها و خیلی‌های دیگر که مملکت ما را به این روز انداخته‌اند.

ـ فکر می‌کنی انتقام نتیجه بدهد؟

ـ بله.

ـ نه، اشتباه می‌کنی. مشکل ما مردم فقر است، نادانی است. کمی به اطرافت نگاه کن. این مردم نه آگاهی دارند و نه چیزی می‌دانند. در فقر و بدبختی غرقند. کسی به فکر آینده نیست. هیچ‌کدام نگران این نیستند که چه خواهد شد. چه بر سر خودشان و آینده‌ی مملکت و فرزندان‌شان

خواهد آمد.

ـ فکر می‌کنی علتش چیست؟

ـ گفتم فقر، بی‌سوادی اعتقادات غلط و سنت‌های عجیب و خیلی چیزها. من در کارخانه‌ی دباغی مدتی زیر دست یک خانم هندی و هم‌اتاق با یک جوان هندی بودم. آن‌ها خیلی به من محبت کردند. خیلی چیزها به من یاد دادند. به من فهماندند که راه نجات مملکت از بین بردن فقر و باسواد و آگاه شدن مردم است. برای همین با تو مخالفم. با کشتن آن‌ها که نمی‌توانی فقر و بی‌سوادی مردم را حل کنی. آن‌ها بمیرند یکی دیگر پیدا می‌شود.

ـ یکی دیگر هم پیدا شود باید بمیرد. تو حرف‌های آدم‌های هندی را می‌زنی. خودت هم می‌دانی عامل اصلی همین حرامزاده‌ها هستند که نمی‌گذارند کشور ما مستقل شود و از ثروتش استفاده کند. ببین همان کشورهایی که بچه‌ها را برای فروش به آن‌جا و عربستان می‌برند، چقدر پول خرج می‌کنند که مردم ما فقط به گذشته و دین فکر کنند. پول اسلحه و لباس و خوراک طالب‌ها از کجا می‌آید؟ من با بزرگ‌های طالب‌ها بوده‌ام. برایشان گوشت شکار برده‌ام. اصلاً به آنچه که می‌گویند و برایش می‌جنگند، باور ندارند. مأمور هستند و منفعت‌شان را در آن می‌بینند. اگر بتوانم آن‌ها را هم خواهم کشت. در این مدت خیلی‌ها را دور خودم جمع کرده‌ام. فکر می‌کردم حالا که آمده‌ای بیایی جزو گروه ما شوی، اما می‌بینم به دنبال چیزهای دیگر هستی. بگو قصدت چیست؟ می‌خواهی چه‌کار کنی؟

ـ من دو سه روز دیگر از این‌جا می‌روم. گفتم که می‌خواهم تحصیل کنم. دوستانی هستند که کمکم می‌کنند، اما قبل از رفتن می‌خواهم برادرم را پیدا کنم. تهمینه می‌گفت که جزو طالب‌ها شده.

ـ جزو طالب‌ها شده؟ پس تو هم درد مرا داری. برادر تو هم رفته، فروخته شده.

ـ بله، گویا در این کار دست ادریس و دیگران در کار بوده. می‌خواهم به

دیدن ادریس بروم، ببینم می‌داند برادرم کجاست؟ و کجا فرستاده شده؟

ـ چند سالش بوده؟

ـ فکر می‌کنم چهارده یا پانزده سالش بوده. قبل از فوت مـادرم رفتـه و جزو طالب‌ها شده. الان باید سن‌وسالش بیشتر باشد.

ـ برای چه می‌خواهی پیدایش کنی؟

ـ می‌خواهم کمکش کنم و اگر بخواهد او را با خودم ببرم.

ـ ببری؟

ـ بله، این سرزمین به این زودی‌ها آرام نخواهد شد. از تو هم می‌خواهم این‌جا نمانی. بیا با من بـرویم. در دامپروری بـرای تـو کـار هسـت. آن‌جـا می‌توانی به شکار بروی و آزاد و خوب زندگی کنی.

ـ می‌دانم، اما چه کسی باید مردم این سرزمین را آگاه و آزاد کند؟

ـ تو به‌تنهایی نمی‌توانی.

ـ گفتم من تنها نیستم. خیلی‌ها مثل من فکر می‌کننـد. نـه امـین، مـا برای رهایی و آبادی مملکت‌مان باید فداکاری کنیم.

ـ اگر برایت انفاقی بیفتد و صدمه ببینی، چه کسی کمکت خواهد کرد؟ کجا زنـدگی خـواهی کـرد؟ کـی از تـو مراقبـت خواهـد کـرد؟ می‌مـانی و می‌میری. کسی هم اعتنا نمی‌کند. کمی خوب فکر کن.

ـ همه‌ی ما روزی خواهیم مرد. من هم می‌میرم، امـا بـرای هـدف‌هایم می‌میرم.

ـ کدام هدف‌ها؟

ـ گفتم که کدام هدف‌ها.

ـ هدف تو فقط انتقام است.

ـ بله، درست می‌گویی انتقام. انتقام مادرم، پدرم، خودم، تو و دیگران.

ـ من می‌ترسم ایمان. این راهی که می‌روی بسیار خطرناک است.

ـ تمام راه‌ها خطرناک است. بگذریم. تو برو تحصیل کن و اگر خواسـتی برگرد و به وطنت خدمت کن. من هم از این راه خدمت می‌کنم. بایـد ایـن بی‌شرف‌ها به سزای اعمال‌شان برسند.

ـ چطور؟

ـ خواهی دید. تو تا چند روز اینجا هستی؟

ـ دو سه روز. پنجشنبه ظهر باید در قندهار باشم. کریم منتظرم است

ـ خیلی خب، پاشو برویم بگردیم. ول کن این بحثها را. مـن ظهـر از اینجا میروم. تو هم فردا بیا نشانی محل دفتر و کار ادریس را در ارغستان برایت مینویسم.

ـ تو کجا میروی؟

ـ به میوند، با تعدادی از دوستانم قرار دارم. پسفردا که تو به ارغستان برسی من آنجا هستم.

ـ باشد.

ـ بلدی که چطور به آنجا بیایی؟

ـ بله، نگران نباش.

ـ گوش کن امین. از من بپرسی میگویم به دیـدن ادریـس نـرو. او آدم قابل اعتمادی نیست. ممکن است فریبت بدهد و باز اسیرت کند.

ـ ولی من میخواهم ببینمش. حرفهایی دارم کـه بایـد بـه او و یاسـر بزنم.

ـ پس تو هم به فکر انتقام هستی؟

ـ انتقام نه، به فکر بیدار کردن وجدانشان هستم.

ـ هو هو هو ( خندید) آنها مگر وجدان دارند پسر؟

ـ بالاخره یکذره هم داشته باشند و شرم کنـند کافیسـت. میخـواهم بگویم که با بچهها چه کردهاند؟ چطور باعث مرگ خیلیها، خودکشی ثریـا و بیشرافتی خیلیها شدهاند.

ـ اینها را میدانند.

ـ ولی کسی به آنها نگفت.

ـ میدانند. بعد میخواهی چهکار کنی؟

ـ هیچ، برمیگردم و میروم. به تو هم میگویم و اصرار دارم که بـا مـن بیایی. بیا آنجا، آنجا برایت کار مناسب هست. میتوانی شکار کنی، قـوش

بگیری و بفروشی. تحصیل کنی و هر طور که دل خواست زندگی کنی.

ـ باشد، من می‌روم تو هم فردا راه بیفت. به ارغستان رسیدی، حوالی دفتر ادریس می‌بینمت. ادریس را که دیدیم، برمی‌گردیم به قندهار تا تو به قرارت با کریم برسی.

ـ تو کجا خواهی رفت؟

ـ می‌روم به لنگرها. کارهای زیادی هست که باید انجام دهم. اگر موفق شدم و به هدف‌هایم رسیدم، سال آینده و یا سالی دیگر زنگ می‌زنم و نزد تو می‌آیم.

قدم‌زنان ساعتی در شهر گشتند و در آخر به طرف مسافرخانه‌ای رفتند که امین در آن اقامت داشت. جلوی مسافرخانه که رسیدند، ایمان او را در آغوش گرفت و خداحافظی کرد و گفت در ارغستان او را می‌بیند. بعد راه افتاد و رفت.

۱۶

ساعتی از ظهر گذشته بود که به ارغستان در ریگستان رسید. نشانی دفتر ادریس را که ایمان برایش نوشته بود، از چند نفر پرسید. کمتر کسی شناخت تا این‌که جوانی موتورسوار گفت: «این محل خارج از شهر است. محل نگهداری گاو و گوسفند برای فروش است.»

بعد با دست انتهای خیابانی را که به خارج از شهر می‌رفت، نشان داد و گفت: «همین‌طور یک‌راست بگیر و برو. از شهر که خارج شدی، به سمت راست بپیچ. کمی که در جاده بروی، آن دورها چند خانه می‌بینی. اسم محل خوله است. افراد کمی آن‌جا می‌مانند. الان هم فکر نمی‌کنم کسی آن‌جا باشد. برای چه می‌خواهی به آن‌جا بروی؟»

ـ آشنایی دارم که آن‌جاست. آن‌جا می‌ماند.

ـ هان فهمیدم. به دفتر آن آقا می‌روی. خیلی‌ها آن‌جا می‌روند و می‌آیند. ساعتی پیش هم سه چهار نفر را دیدم که به آن‌جا می‌رفتند.

ـ کِی؟

ـ گفتم ساعتی پیش. ماشین وانت داشتند. نشانی آن‌جا را پرسیدند.

ـ از کمکت ممنونم.

راه افتاد. قدم‌هایش را تند کرد. امید داشت که ایمان میان آن چند نفر نباشد و اگر هم بود، مسئله‌ای پیش نیاید و اتفاقی نیفتد. وقتی پسر

موتورسوار گفت که محل نگهداری گاو و گوسفند است، فهمید ادریس بچههایی را که خریداری میکند در محل آخور گوسفندها و گاوها نگه میدارد. دلش گرفت. به یاد حرفهای ایمان افتاد. به سرنوشت او و خودش فکر کرد. روزهای سختی که گذرانده بودند. در همهجا و از همه شنیده بود که فروخته شدهاند. به سرنوشت تلخ ثریا، بچههایی که کشته شدند و اعضای بدنشان را برای فروش درآوردند، به سرنوشت تلخ عنایت، زندگی تلخ و ناگوار خواهرش تهمینه فکر کرد. به ایمان حق داد که به فکر انتقام باشد. ایکاش او هم این قدرت و جرئت را داشت که میتوانست انتقامش را از این افراد پست بگیرد، اما چطور؟ نمیدانست. یاد حرفهای خانم هندی افتاد که همیشه میگفت: «گاندی راه نجات سرزمین هند را در اتحاد و همدلی و آگاهی میدانست. اگر میخواهی به وطنت خدمت کنی، باسواد شو. قانون را بدان و به مردم سرزمینت حقوقشان را بشناسان.»

اکنون او تصمیم به چنان کاری داشت، چون میدانست نتیجهی کشتن کشته شدن است، اما باید نخست ایمان را میدید، بعد به دیدن ادریس میرفت. به انتهای خیابان که رسید، به سمت راست پیچید. جاده باریک و شنی بود. نگاه کرد. در دوردست میان گندمزار چند خانه را کنار هم دید. چند درخت خرما میانشان بود. فهمید همانجایی است که پسر موتورسوار میگفت. کمی که پیش رفت، ناگهان صدای چند گلوله برخاست. فریاد و بگیر و بکش به گوش میرسید. نگران ایستاد. فریاد و تیراندازی ادامه داشت. صدای جیغ و داد بچهها را شنید. دود و شعلههای آتش را دید که از پنجرههای ساختمانهای کوتاه بیرون میآمد. نگران به طرف ساختمانها دوید. میدانست و مطمئن بود که بچهها را در آخور نگه داشتهاند و حتماً علوفههای آخور آتش گرفتهاند. یک لحظه تیراندازی شدت گرفت و ناگهان انفجار مهیبی همراه با بالا رفتن شعلههای آتش برخاست. موج انفجار همهجا را در بر گرفت. انگار منبع سوختی مثل نفت یا بنزین منفجر شده بود. آتش تمام اطراف ساختمانها را فرا گرفت. دوید

و شتابان خود را به وسط محوطه‌ی بین ساختمان‌ها رساند. دود و غبار همه‌جا را فرا گرفته بود. چند مرد مسلح را دید که مقابل یکی از ساختمان‌ها افتاده بودند. تن سوخته‌ی متلاشی‌شده‌ی کودکانی را دید که به‌صورت پراکنده مقابل ساختمان‌ها افتاده بودند. چند زن و مرد روستایی گریان و نالان کودکان زخمی را از ساختمان‌هایی که در اثر انفجار خراب شده بودند، خارج کرده به میان چمنزار دور از آتش می‌بردند. تعداد زیادی از کودکان کمی دورتر میان کشتزار خشخاش ایستاده بودند و ترسیده نگاه می‌کردند. نمی‌دانست چه بکند؟ گریان درحالی‌که از شدت ناراحتی داد می‌کشید و زار می‌زد، میان بچه‌های کشته‌شده نشست. سر و تن آن‌ها را در آغوش گرفت.

آه کودکان وطنم، کودکان مظلوم، چه کسی این سرنوشت را برای شما آفرید ، چرا باید چنین کشته می‌شدید؟

یکی از روستاییان که به کمک آمده بود، بازویش را گرفت و کشید و گفت: «بیا آرام شو ببینم زخمی نشده‌ای؟» دست بر پیراهن او که در اثر در آغوش گرفتن تن زخمی و متلاشی‌شده‌ی کودکان خونین شده بود، کشید و گفت: «نه، زخمی نشده‌ای.»

امین نگاهی به صورت لاغر و استخوانی مرد انداخت و پرسید: «این‌جا چرا آتش گرفته؟ صدای تیراندازی برای چه بود؟»

ـ نمی‌دانم آقا، ما این‌جا کارگریم. ساعتی پیش چند مرد جوان آمدند رفتند دفتر آقای رئیس. نیم ساعتی آن‌جا بودند. بیرون که آمدند، یکی از آن‌ها که بسیار عصبانی بود آمد با لگد در آن آخور که بچه‌ها را نگه می‌داشتند باز کرد و بچه‌ها را بیرون آورد. افراد آقا آمدند که مانع شوند، دعوا شد. جوان خیلی قوی بود، آن‌ها را زدو با همراهانش به دفتر رئیس هجوم برد. تیراندازی شروع شد. نمی‌دانم کی بود که از ساختمان دفتر به منبع سوخت تیر زد و منبع منفجر شد و همه‌جا آتش گرفت. خیلی‌ها مردند، خیلی.

ـ تو آن مرد را دیدی چه شد؟ آن‌که می‌خواست کودکان را نجات

دهد، کجا رفت؟

ـ نمی‌دانم آقا. فقط دیدم اسلحه در دست به دفتر رئیس می‌دوید. همه را می‌زد. خیلی شجاع بود. تیرش خطا نمی‌رفت. نمی‌دانم کی از دور از پشت شلیک کرد. تیر از پشت به او خورد و افتاد.

چشم به اطراف گرداند. ایمان کجاست؟ بلند شد به طرف ساختمان وسطی، دفتر ادریس که میان آتش می‌سوخت، دوید. مقابل درِ ساختمان ایمان را دید که افتاده بود و به‌زحمت نفس می‌کشید. صدایش کرد. سرش را میان دستانش گرفت. ایمان که از دهانش خون بیرون زده بود، نگاهش را به او دوخت و به بازویش چنگ زد و گفت: «امین، حرام‌زاده ادریس و امریکایی را کشتم، اما آن حرمزاده انگلیسی فرار کرد. به منبع سوخت تیر زد و آن را منفجر کرد. همه‌جا را به آتش کشید، اما من خیلی از بچه‌ها را نجات دادم.

ـ بله، نجات داده‌ای، تو زخمی شده‌ای. باید تو را به بیمارستان ببرم. ایمان که نگاهش را به نگاه او دوخته بود، نفسی کشید و بعد بریده‌بریده گفت: «نه، باید بقیه را نجات دهم. تو از این‌جا برو. کارم تمام شد می‌آیم پیشت. زود باش از این‌جا برو، از این‌جا برو ب ب ر...»

نتوانست جمله‌اش را تمام کند. سرش غلتید و تمام کرد. هرچه تکانش داد و صدایش کرد، ایمان جواب نداد. گریان سرش را زمین گذاشت و لحظه‌ای طولانی برایش گریست. گیج و منگ شده بود. نمی‌دانست چه باید بکند. صدای چند مرد را شنید. سرش را که بلند کرد، دو مرد مسلح را دید که بالای سرش ایستاده‌اند. بلند شد. نگاهش به نگاه یاسر افتاد. یاسر پرسید: «او که بود؟»

ـ ایمان بود.

ـ ایمان بود؟!

ـ بله، ایمان بود که کشته شد.

ـ تو کی هستی؟

ـ من امین هستم.

ـ امین؟ هان امین.

ـ بله.

یاسر کمی با دقت نگاهش کرد. بعد گفت: «بالاخره به افغانستان آمدی. این‌جا چه می‌کنی؟»

ـ آمده بودم ایمان و تو را ببینم.

یاسر سر به زیر انداخت، کمی فکر کرد، بعد گفت: «امین، از این‌جا برو.»

اتومبیلی آمد. یاسر و مرد مسلح دیگری که حدس زد حامد باشد، سوار شدند. او مرد بلندقد سرطاس انگلیسی را دید که عقب اتومبیل نشسته بود و او و ساختمان‌های سوخته و جنازه‌های کودکان را نگاه می‌کرد. با سوار شدن یاسر و حامد اتومبیل حرکت کرد و به‌سرعت دور شد. او برگشت بالای سر ایمان نشست. چه می‌توانست بکند؟ فهمید که آن‌جا ماندن برایش خطرناک است. مرد روستایی را صدا زد و با کمک آن مرد تن بی‌جان ایمان را برداشتند و در سایه‌ی درختی که کمی گود و علف‌هایش هنوز سبز بود، گذاشتند.

مرد روستایی پرسید: «دوست شما بود؟»

ـ بله.

ـ اگر بخواهید می‌بریم در گورستان دفنش می‌کنیم.

ـ بله، می‌خواهم.

دست در جیبش کرد و مقداری افغانی درآورد و به مرد روستایی داد. مرد روستایی نخست قبول نمی‌کرد ولی اصرار او را که دید، پول را گرفت. دوان رفت دو مرد و یک زن را صدا زد. آمدند جنازه‌ی ایمان را برداشتند و به او اشاره کردند که بیاید. پشت‌سر آن‌ها راه افتاد. راه باریکی را از میان کشتزارها در پیش گرفتند. کمی که پیش رفتند، به قبرستان کوچکی رسیدند.

مرد گفت: «این‌جا قبرستان چند ده این حوالی‌ست. این‌جا به خاکش می‌سپاریم.» بعد با کمک دو مرد دیگر شروع به کندن زمین کردند. وقتی

تن خونین ایمان را میان قبر قرار می‌دادند، بغضش ترکید. های‌های بـرای دوستش، ایمان پاک وطنش گریست. خاک‌ریزی قبر که تمام شد، از میان کشتزار چند بوته علف سبز را که گل‌های ریز به رنگ زرد داشتند چیـد و روی قبر ایمان گذاشت. مرد پرسید: «اسمش چه بود؟»

ـ ایمان.

و زیر لب زمزمه کرد، ایمانی که خیلی وقت است در این ممکت کشته و خاک شده است.

مرد روی سنگ صافی نوشت ایمان و بـالای قبـر گذاشـت. برگشـت و گفت: «خدا رحمتش کند، جوان دلیری بود. حالا که به خـاکش سـپردیم شما بهتر است از این‌جا بروید. بودن شـما این‌جـا خـوب نیسـت. مـا هـم نمی‌گوییم که کسی را این‌جا دفن کرده‌ایم.»

از این‌جا بروید، حرفی که تمام عمر شنیده بود. تشکر کرد و راه افتـاد. با غمی که در دلش نشسته بود، باید می‌رفت و سرنوشتش را پیدا می‌کرد. با چشمی گریان راه شهر را در پیش گرفت. می‌دانست که کریم در قندهار منتظرش است. دیگر جایی در افغانستان نداشت.

۱۴ بهمن ۱۴۰۰
اورمیه ایران

آثار دیگر نویسنده:

شعر:

۱. نیار (منظومه) چاپ زمستان ۱۳۴۹
۲. کوزه (مجموعه شعر)، چاپ تابستان ۱۳۵۰
۳. مرثیه‌های کولی، چاپ پائیز ۱۳۵۳
۴. غربت پاییز، چاپ ۱۳۵۵
۵. شب هفتم، چاپ ۱۳۵۷
۶. خیمه در پائیز، چاپ ۱۳۶۹ نشر رودکی
۷. آبی در آشوب، چاپ ۱۳۷۰ نشر رودکی
۸. ترانهٔ آبی، چاپ ۱۳۷۸ نشر یوشیج
۹. اورمیای بنفش، چاپ نشر یوشیج۱۳۷۹
۱۰. در ویرانی صبح، چاپ‌نشر قصیده سرا ۱۳۸۰
۱۱. چیزی به خواب زمین نمانده است، نشر قصیده سراچاپ ۱۳۸۲
۱۲. آوازهای اورمیا، چاپ بهار نشر فرزان روز۱۳۸۴
۱۳. یاسمن در باد — انتشارات نگاه ۱۳۹۲
۱۴. مادرم زنی زیبا بود نشر مروارید۱۳۹۷/۲/۷
۱۵. به روزهای نیامده( دیگر) - برگزیده اشعارآماده برای چاپ

رمان:

۱۶. خزان- انتشارات قصیده تهران- چاپ ۱۳۷۷
۱۷. آنجا که زاده شدم، نشر فرزان روزچاپ اول تابستان ۱۳۸۴ چاپ چهارم آذر ماه ۱۳۹۸
۱۸. رأی ورعنا- نتشارات عطایی تهران ۱۳۹۳

۱۹. سامانچی قیـزی (دختـر کاهفروش)نشـر فـرزان روز ۱۳۹۱ چـاپ دوم در دست اقدام

۲۰. شکار آهوان به شامگاه – انتشارات کتابسرای تندیس- ۱۳۹۴

۲۱. انتشار ترجمه رمان آن جا که زاده شدم در امریکا توسط انتشـارات پیـج نیویورک

۲۲. دلباختگان بی نام شهر من -تهران - نشر هنوز دی ماه ۱۳۹۶

۲۳. نجوای ناتمام ادل – تهرانانتشارات مروارید ۱۳۹۷

۲۴. انتشار ترجمه رمان آ ن جا که زاده شدم به زبان فرانسـه بـا ترجمهدکتر نادر دادگر توسط انتشارات سیمیر در پاریس

۲۵. باغ غبارچاپ ۱۴۰۰ انتشارات مروارید


## قصه برای کودکان:

۲۶. پری کوچک باغ، زمستان ۱۳۴۷

۲۷. بادکنک قرمز یاقوت – نشر رودکی -اورمیه

۲۸. گل بهار ماهی شده بود

۲۹. نازی لُپ قرمزی کوچه ما

۳۰. حلزون کوچولوی نی زن- تهران – نشر گل آذین


## آثار تحقیقی:

۳۱. پدیدارشناسی انسانی (در سه جلد) از ۱۳۵۴ تا ۱۳۶۱ چاپ بروگسل

۳۲. جامعهشناسی روستایی دانشگاه اورمیه

۳۳. بررسی رخساره اجتماعی آذربایجان غربی، چاپ ۱۳۶۵

۳۴. دولتمداری شرق، دولتمداری غرب، ۱۳۶۴

۳۵. مقدمهای بر کلیله و دمنه، چاپ ۱۳۶۴

۳۶. فکری دیگر (تحلیلی در مسائل تاریخ هنر و ادبیات و شعر امروز ایران) ۱۳۷۴

۳۷. تبارشناسی قومی و حیات ملی (جلد اول نشرفرزان روز)، چاپ ۱۳۸۰ چاپ سوم ۱۳۹۶

۳۸. مبانی حسی زبان و شعر، چاپ ۱۳۸۴ نشر فرزان روز

۳۹. زبان، ذهن ومعناچاپ ۱۴۰۰ انتشارات مروارید

۴۰. چهل و چهار مقاله علمی و تحقیقی منتشر شده در زمینه شعر و ادبیات، زبان‌شناسی جامعه‌شناسی روانشناسی اجتماعی و پزشکی در سطح بین‌الملل در نشریات و مجامع علمی و دانشگاهی کشورهای مختلف جهان

# The child who was sold

Novel

Esmaiel yourdshahian Urmia
wwwyourdshahcom

2-9-2022
Iran- Urmia

Read more books from this author:

Kidsocado.com